U0641951

［日］

芥川龙之介

著

魏大海 主编

舞会

GUANGXI NORMAL UNIVERSITY PRESS
广西师范大学出版社
·桂林·

图书在版编目（CIP）数据

舞会 /（日）芥川龙之介著；魏大海主编. ——桂林：广西师范大学出版社，2022.5（2025.9重印）

ISBN 978-7-5598-4718-8

Ⅰ.①舞… Ⅱ.①芥… ②魏… Ⅲ.①短篇小说 – 小说集 – 日本 – 现代 Ⅳ.①I313.45

中国版本图书馆CIP数据核字（2022）第018308号

WUHUI
舞会

作　者：（日）芥川龙之介
主　编：魏大海
责任编辑：谭宇墨凡
特约编辑：徐　露
装帧设计：汐　和　at compus studio
内文制作：陆　靓

广西师范大学出版社出版发行

广西桂林市五里店路 9 号　邮政编码：541004
网址：www.bbtpress.com

出版人：黄轩庄
全国新华书店经销
发行热线：010-64284815
河北鑫玉鸿程印刷有限公司印刷
开本：889mm × 1260mm　　1/64
印张：4.875　　　　字数：130千字
2022年5月第1版　　2025年9月第7次印刷
ISBN 978-7-5598-4718-8
定价：39.00元

目录

圣克利斯朵夫[1] 传

一 圣克利斯朵夫，原文 Christophoros，意为背负基督之人。据传系三世纪叙利亚人，因罗马人迫害而殉教。

小序

余尝于《三田文学》一刊发表《基督徒之死》；本篇与该篇同出所藏之耶稣会版 *Legenda Aurea*（《黄金传说》）中之一章，唯稍加润色而已。然《基督徒之死》，乃叙述本邦西教徒之逸事，《圣·克利斯朵夫传》则为圣徒传中之一种，自古以来，盛传于欧洲天主教诸国。倘两文互参，对所提及之《黄金传说》，或能略窥一斑。

传中多有时代与地点错误，几近可笑。为无损原文之时代特色，特不作任何订正。倘诸方家，不疑余之无学，则幸甚。

一　山居

话说很久以前，在叙利亚国的深山里，有个名叫雷普罗保斯的怪人。虽说阳光普照之天下广袤无边，但如雷普罗保斯般的巨人，可说再也找不出一个来。他那身量，怕就有三丈多高吧。葡萄蔓似的头发里，不知有多少可爱的小山雀栖居在内，手脚像深山老林里的松柏。走起路来，能震得七山八谷发出回声。要想猎食，动动手指，熊鹿之类便成为腹中之物。有时从山上下来，想到海边捕鱼，便把胡子像海松一样的下巴往沙上一挨，吸口海水，鲷鱼啦松鱼啦，就会摇头摆尾，唰唰流进口中。货船这时若碰巧从海上经过，就会给这潮水意外的涨落，弄得颠簸不已，慌得掌舵的船夫手忙脚乱。

不过，这雷普罗保斯天性善良，不消说住在山里的樵夫猎人，就是对过往的行人也从不欺侮，反倒会帮人把砍好的树推倒，觅回猎人追丢的猎物，行人背不动的包袱，他就扛在自己肩上，总是助人为乐。所以，远村近郭的山里人，没有一个嫌恶他的。有个村子，走失一牧童，傍晚，牧童家的天窗给打开了，家里人大吃一惊，抬头一看，只见雷普罗保斯那双簸箕般大的手掌上，托着睡得正酣的小牧童，在星空下，轻轻地放下地来。他丝毫不像怪物，心地是何等可钦可敬！

山里人遇见雷普罗保斯，时常拿出糕饼酒馔相待，亲密叙话。这样，有一日，几个樵夫伐树，走入长满丝柏的密林，遇见从山白竹中慢吞吞走出来的雷普罗保斯。樵夫们一心想要款待他，便燃起落叶，给他烫酒。对雷普罗保斯来说，瓶里那点酒，如同一滴，但让他十分开心。他把樵夫吃剩的饭撒在地上，让头上的小山雀啄食，盘腿坐定，开口说道：

"我既然生而为人，便应建功立业，封侯拜将才是。"

几个樵夫听了，也凑趣道："当然！您这样的大力士，攻下个两三座城池，还不易如反掌！"

这时，雷普罗保斯面带难色，问道："有件事却不好办。我一向待在山里，要想从军打仗，怎知该投奔哪位将军呢？还有，当今的盖世英雄，究竟是哪国大将？不论是谁，我都会为他奔走马前，尽忠效命。"

"原来是这事！要说勇武，依我们看，当今天下，怕是没有哪位将军能比得上安提俄克[1]国王了。"樵夫回答说。

雷普罗保斯听了大喜："那我立即动身。"

说着，雷普罗保斯站起小山一般的身躯。这时，奇怪的是，他头上的小山雀一时纷纷振翅，飞向枝叶交织如网的空中，就连雏鸟都没有留下一只。那些小山雀停落在枝丫斜伸的丝柏背面，宛如丝柏结的累累果实。雷普罗保斯吃惊地望着这群小山雀，不一会儿，回思过来，才同聚在脚下的樵夫殷勤道别，复又像方才一样，踏着山白竹，迈着大步，独自走向深山。

却说雷普罗保斯想封侯拜将的事，不久便传

---

1 安提俄克，古叙利亚首都。

遍远村近郭。没过多久，却又风传一个消息，说是靠近边境的湖边，有艘船陷进泥中，一伙渔夫正自发愁拖不出来。这时，不知哪来一个巨汉，只见他抓住桅杆，不费吹灰之力就拉上了岸。渔夫一个个还在目瞪口呆，那怪人竟早已不知去向。而认识雷普罗保斯的人，已然猜到，这个热心肠的好人，终于离开了叙利亚。每逢望着西面屏立的群山之巅，真是好不惆怅，不由得仰天长叹。再说那牧羊小童，每当夕阳落山，必定高高爬上村头的一株杉树，仿佛忘掉了树下的羊群，哀哀地呼唤着："雷普罗保斯，我好想你呀！你翻山越岭，去了哪里啊？"列位看官，欲知雷普罗保斯后来如何交上好运，且看下回分解。

二　朝福夕祸

话说雷普罗保斯，顺顺当当便来到首都安提俄克。提起安提俄克，同山里可谓大异其趣。当年这里物华天宝，举世无双。雷普罗保斯一进城，男男女女便围了上去，把街衢挤得水泄不通。雷普罗保斯在人海里给推来推去，径往前行，直到他站在名门贵胄望衡对宇的路口，一队御林军护着御辇恰在这时走来。看热闹的人转眼四散，让出道路，只把个雷普罗保斯一人留在当街。于是，雷普罗保斯跪在御辇前，两只如象腿一般粗的巨掌扶在地上，俯首说道：

"在下山里人，叫雷普罗保斯。听说当今安提俄克国王天下无敌，便不远千里来投奔，愿为陛下效劳。"国王的侍从一见雷普罗保斯的模样，简直吓破了胆，前锋护卫几乎要拔剑出鞘，听了这话，知他没有歹意，便令队伍停下，由近侍向国王奏明事由。国王发话道：

"如此巨人，武力定然超群，当可留用。"并格外垂顾，即命编入御林军当值。雷普罗保斯喜出望外，自不必说，扛起三十个大力士都抬不动的十只御橱，跟随国王一行，喜气洋洋走到王宫。雷普罗保斯扛着小山般的御橱，俯视着一行人马，挥动着巨手，走在队列中间，那奇形怪状的样子，才叫惹人注目哩。

自此以后，雷普罗保斯当上御林军，身穿漆纹麻制军服，腰挎朱鞘长刀，朝夕守卫着王宫。所幸者，建功立业的时机，不久终于到来。那是邻国大军来犯，志在攻占京城。原来这邻国大将，曾手缚狮子王，有万夫不当之勇。贵为安提俄克国王，对两国交战，也丝毫不敢怠慢。于是，启用新近收在帐下的雷普罗保斯为前锋，亲自坐镇大营，号令三军。雷普罗保斯担此大任，欣喜若狂，竟不知身在何处，这也难怪他。

不久，万事齐备，金鼓齐鸣，国王令雷普罗保斯一马当先，提大军向国境上的原野进发。但见敌军正严阵以待，寻机觅战，哪里还会耽搁。顿时，旌旗招展，遮天盖地，此起彼伏，杀声震天。说时迟那时快，双方正要厮杀，只见从安提俄克阵中，慢腾腾走出一员大将，此非别人，正是雷普罗保斯也。且看巨汉今日这身打扮：头戴牛皮盔，身着铁铠甲，手执柄短刃长之七尺大刀，活生生一座巨塔，大地似都嫌小，真有撼山动地之气概。雷普罗保斯又开两腿，立于两军之间，舞动长刀，遥指敌军，声若洪雷，发话道：

"远处的听声音，近处的放眼瞧！我乃安提俄克国王帐下的猛将，名闻遐迩的雷普罗保斯是也。多承我王厚爱，今日任此先锋大将。现两军对阵，哪个敢来决一死战！"话说古时非利士族勇士哥利亚，曾身披铁鳞甲，手绰大铜矛，叱咤于百万军中。而雷普罗保斯此刻威武勇猛的气概，与之相比，毫不逊色。

果然，邻国的精兵勇将，个个哑然失色，好一会儿竟没一个人敢应声儿。见此情景，敌国大将心想：倘不除掉这厮，必败无疑。于是，一身华丽铠甲的敌将拔出三尺大刀，跃马阵前，大声报上姓名，直取雷普罗保斯。这边，雷普罗保斯却全不当一回事，只见他抽出七尺长刀，仅三两回合，便哐当一声，把倭刀一丢，轻舒猿臂，早从鞍上抓起敌将，抛石子一般将他高高抛上天。敌将在空中滴溜溜地翻转，咕咚一声，落在本阵，跌得粉身碎骨。当此间不容发之时，安提俄克的大军齐声呐喊，簇拥着御辇，雪崩一般冲向敌阵。敌军立不住阵脚，丢盔卸甲，抱头鼠窜，溃不成军。安提俄克国王这天大获全胜，听说斩下敌将的首级，比一年的数目还多。

王心大悦，旋即高奏凯歌，班师回朝。随后，国王封赏雷普罗保斯，位列诸侯，并且还赐宴群臣，一一嘉奖。事情就出在庆功宴的当晚。按照那时列国的习俗，当晚请来一位善弹琵琶的法师。在大烛台的火光下，只听他巧拨弦音，绘声绘色，说唱那古往今来的争战故事。雷普罗保斯夙愿得偿，笑得他合不拢嘴，涎水都快流了出来。此时，只管一杯复一杯，开怀畅饮葡萄美酒。醉眼蒙眬中，忽见对面锦帐中，王上的举动好不奇怪。法师说唱时，每提到魔鬼这词儿，王上便慌忙举起手，画一十字。那举止非同一般，甚是郑重其事。雷普罗保斯便冒冒失失，问身旁一武士道：

"王上为啥要那样画十字？"

那武士答道：

"说起来，魔鬼是具有大法力，能将天下人玩弄于股掌之上的东西。王上想必为除魔障，才再三画十字，以保御体平安。"

雷普罗保斯听后，不免生疑，再问道："我安提俄克国王乃盖世英雄，那魔鬼怕是连根指头都不敢碰一下吧？"

那武士摇头道：

"非也，非也。王上之威力，未必及得上魔鬼。"

一听这话，山里大汉顿时勃然大怒，高声吼道：

"我效命王上，乃因听说王上英雄盖世。要是连国王都要向魔鬼俯首折腰，我不如走人，给那魔鬼当差去。"说着，将酒杯一摔，便要起身。满座武士对他今天的战功，本妒忌得了不得，正恨不得除掉这眼中钉，异口同声喊道：

"好哇，这家伙反了！"立即四面围上去，抢着要逮住他。照理，若在平时，雷普罗保斯岂能轻易让这帮武士得手。可是当晚，他已烂醉如泥，即便如此，尚能力敌众武士，给逮住后又挣脱出来，厮打了好一阵。终因脚下一滑，扑通一下，摔倒在地。众武士齐声叫好，纷纷扑了上去，把个狂怒的雷普罗保斯反剪双手，五花大绑起来。这一切，王上都尽数瞧在眼里。

"恩将仇报的东西，速速丢进土牢去！"

因招王盛怒，雷普罗保斯当晚便给投进肮脏不堪的土牢，沦为阶下囚，真是可怜可叹！列位看官，欲知囚禁在安提俄克土牢中的雷普罗保斯，后来如何交上好运，且看下回分解。

三　与魔鬼为伍

话说雷普罗保斯给五花大绑，投进黑魆魆的土牢，一时之间，唯有像个孩童一样放声哇哇号哭。这时，忽见有个身着红袍的学士，不知从何处出来，亲切地问他：

"啊哟哟，雷普罗保斯！你为何待在这里？"

巨汉越发泪如泉涌，哭诉道：

"只因说了句要弃王上而去，投靠魔鬼，就将咱家丢进了这土牢。呜呜呜……"

学士听后，再次亲切地问他：

"那你现在还想投靠魔鬼吗？"

雷普罗保斯点头答道：

"想。"

听他如此回答，学士大快于心，不禁呵呵狂笑，震得土牢嗡嗡作响。隔了一会儿，第三次亲切地说道：

"难得你有这愿望，我马上放你出这土牢。"说着，便将红袍往雷普罗保斯身上一罩，雷普罗保斯全身绳索当即寸断，真乃怪事。巨汉的惊讶自不用说，便诚惶诚恐站起身来，仰望学士的面孔，恭恭敬敬谢道：

"您给我松绑的大恩大德，生生世世绝不敢忘。可是这土牢却如何才能逃脱？"

学士轻蔑地一笑：

"这有何难！"话音未落，随即展开红袍大

袖，将雷普罗保斯在腋下一挟，脚下顿时一片漆黑。只觉得一阵狂风骤起，两人不知何时已然腾空，离开土牢，火花四溅，飘悠悠飞上安提俄克城的夜空。听说，当时学士有如一只怪诞的大蝙蝠，乌黑如云的翅膀一字展开，背着行将沉落的月亮，穿行在夜空中。

再说雷普罗保斯，简直吓破了胆，跟着学士飞在空中，好似离弦的箭一般，不禁颤着声儿问道：

"阁下究竟是何许人？我以为，这世上怕是没有哪个博士能有这般大神通。"

学士忽然瘆人地一笑，若无其事地答道：

"不瞒你说，我便是能将天下人玩弄于股掌之上，具有大法力的强人。"

雷普罗保斯这才恍然大悟，学士其人，便是魔鬼！这一问一答的工夫，魔鬼如妖星流逝，在空中长飞不停。安提俄克城的灯火，早已沉入黑暗的下界。有顷，浮现于脚下的，想必便是闻名的埃及。沙海连绵千里，残月微光下，看上去白茫茫一片。这时，学士伸出指甲长长的手，指着下界说道：

"听说那间茅屋里，住着一位道法灵验的隐士。就先下到他屋顶上吧。"说着，腋下挟着雷普罗保斯，飘飘摇摇落到沙山背后的破屋顶上。

破屋里有位老隐士，正在昏昏灯火之下诵念经文，全然不知更深夜阑。忽然，一阵香风吹过，樱花似飞雪一般纷纷飘落，不知从何处来了一位倾国倾城的美人儿。只见她头插玳瑁梳簪，有如熠熠光环，身着曳地长袍，上绣地狱彩绘，千娇百媚，疑是梦见了天女下凡。老人想必以为，埃及的沙漠，顷刻间变成了日本的花街柳巷！实在不可思议，一时茫然若失，望着美人儿竟出了神儿。这时，美人儿沐浴着如雪的飞花，妖媚地一笑道：

"小女子本是安提俄克城的名伎。连日来，一心想慰解高僧的百无聊赖，故不远千里而来。"那声音之美，比之于极乐世界中的神鸟迦陵频伽，恐怕也毫不逊色。终究是位有道的隐士，险些着了她的道儿，心中寻思，值此深更半夜，更兼千里迢迢，岂会有美人儿从安提俄克城来到此地之理！心中了然，定是魔鬼的伎俩。于是两眼专注经文，一心念诵陀罗尼咒语。而那美人儿却兀自不肯罢休，一心要制服老人。只见她罗袖款摆，兰香袭人，婀娜多姿，如怨如诉：

"虽说小女子出身风尘，毕竟历经千里河山，才来到这荒漠，怎奈长老全不知怜香惜玉！"那曼妙的姿容，简直令满地落花都为之含羞失色。隐士遍体流汗，只把降魔咒语一遍一遍地念诵，充耳不闻魑魅的鬼话。美人儿见计不成，不免焦躁，冷不防掀起绣着地狱绘的衣摆，斜身偎上隐士的膝头，抽抽搭搭啜泣道：

"为何这样无情！"

老隐士见状，如同挨了蝎刺，跳了起来，迅即掏出贴身挂的十字架，声如霹雳般喝道："孽障，不得对主基督之使徒无礼！"话音未落，啪的一记，便朝美人儿脸上打去。美人儿挨了打，柔弱地倒在落花上，倏忽便不见了踪影。唯见升起一团黑云，奇怪的火星四处乱溅。

"唉哟，痛死啦！又挨十字架的打啦。"呻吟声渐渐升上屋顶，杳然消逝。隐士料定必会有此结局，所以始终高声念诵秘密真言。果然，转眼间黑云散去，樱花也不再飘落，茅屋里，一如方才，唯有孤灯一盏。

然而，隐士觉得魔障尚未尽除，为求经文法力的加护，彻夜没有合眼。不久，天色渐明，觉得有人来到柴门前。于是一手拿着十字架，走出去一看，一个小山似的巨汉蹲在茅屋前。真不知他是由天而降，还是自地底冒出，正恭谨地给自己鞠躬。黑黑的肩头上，勾勒出已呈茜红色的天空。只见他向隐者低头，惴惴地说道：

"在下名叫雷普罗保斯。家住叙利亚，乃一介山野村夫，最近偶然做了魔鬼的手下，不远千里，随他来到埃及沙漠。魔鬼因难敌主耶稣的法力，一个人逃得不知去向。我本一心寻找盖世英雄，愿为他效犬马之劳。所以，我虽愚钝，但请收我做主基督的仆人吧。"

老隐士立在茅屋门前，听了这番话，不禁蹙眉答道：

"哦，有过如此经历，实难从命。凡魔鬼手下之人，除非枯木开花，断无得遇我主基督之日。"

雷普罗保斯再次俯首恳求道：

"我决心已定，哪怕千秋万世，这最初的一念，必要贯彻始终。请告诉我，怎样做才能符合我主基督之意？"于是，老隐士和巨汉两人郑重地交谈起来。

"足下是否懂些经文？"

"可惜，半句也不懂。"

"能否辟谷修行？"

"那怎么行？咱家是闻名的大肚汉！辟谷修行，怕是办不到。"

"难矣。彻夜不眠，如何？"

"那怎么行？咱家是闻名的瞌睡虫！彻夜不眠，怕是办不到。"话已至此，连老隐士也无计可施了。有顷，忽然面带喜色，击掌说道：

"由此向南，不到十里处，有条大河，名流

沙河。此河水势浩渺，激流如箭，听说人马难渡。然而，足下如此高大，涉水过河，想必轻而易举。那么，往后就请足下做此河的渡公，助来往行人渡河吧。汝能善待人，主必善待汝，即为此理。"

听了这话，巨汉不禁十分振奋：

"好极，我就去做那流沙河的渡公！"老隐士见雷普罗保斯一念至诚，也分外高兴：

"既然如此，我现在便为足下洗礼。"说着，亲自捧着水罐，小心翼翼地爬上茅屋顶，这才勉强将水罐中的水洒在巨汉头上。这时，出了两件奇事：洗礼仪式未及做完，只见旭日东升，辉煌灿烂的光芒里，初似祥云缭绕，随后变成一群小山雀，多不胜数，翩翩飞落在雷普罗保斯凌空突立、乱如蓬草的头上。老隐士看到这一奇观，只顾仰望旭日出神，竟忘了洒圣水的方向。过了片刻，恭谨地朝天叩拜，并从屋顶召唤雷普罗保斯道：

"虽说简慢了些，但足下既已受洗，从此就将雷普罗保斯改名为克利斯朵夫吧。看来，天主对足下的志诚也深为嘉许。倘能勤修苦行，永不懈怠，不用多久，必能得见主耶稣之真容。"列位看官，欲知改名为克利斯朵夫的雷普罗保斯，后来如何交上好运，且看下回分解。

四　往生天国

于是，克利斯朵夫同老隐士作别，来到流沙河。那河果然是浊流滚滚，百里惊涛骇浪，岸边的青芦也摇曳不停。这气势，即便驾舟摆渡，怕也难以过去。然而，巨汉身高三丈有余，走至河中央，水位仅及肚脐，打着旋涡流逝而去。克利斯朵夫便在岸边结庐而居，见有行人为渡河而犯难，立即走上前去，自称是这流沙河上的渡公。一般行人乍见巨汉怕人的形象，还以为是什么天魔出世，早吓破了胆，一溜烟逃走了。没多久，知道他心地善良，便经常有人接受他的帮助："那就拜托了。"战战兢兢，爬上克利斯朵夫的后背。克利斯朵夫把行人驮到肩上，一边拄着一根结实的拐杖——那是他在水边连根拔起的一棵柳树——任凭水急、浪高，哗啦啦蹚起水，毫不费劲便到了对岸。这工夫，无数只小山雀好似杨花飞舞，不停在克利斯朵夫头上盘旋，欢快地鸣啭。想必是克利斯朵夫虔诚的信念，使天真的小鸟也忍不住要随喜吧。

这样，克利斯朵夫风雨无阻，在河上当了三年渡公，求渡的行人倒是不少，但像主基督的人，却一次也没遇到过。第三年，有天晚上，外面狂风暴雨，电闪雷鸣，巨汉坐守茅屋，独对山雀，左思右想，深感往事如梦。忽然，一个楚楚可怜的声音，压过倾盆的雨声，传了过来：

"渡公在吗？劳烦送我过河。"

克利斯朵夫站起身，摇摇摆摆地走入屋外的黑夜。没想到，在划破夜空的闪电中，只见是位眉目清秀的白衣童子，年纪还不满十岁，垂着头，孤零零地伫立河畔。巨汉觉得稀奇，便弯下山样的身躯，体恤地问道：

"这样的夜晚，你怎么一个人出门呢？"

童子抬起悲戚的目光，忧郁地答道：

"我要回到父亲那里。"

克利斯朵夫听他这样回答，越发生疑，但见他焦急的样子，一缕怜悯之情油然而生。

"别担心，我送你过河。"说着，双手抱起童子，像往常一样驮在肩上，照例握着那根拐杖，拨开岸边的青芦，在这风雨肆虐的夜晚，扑通一声，大胆地走进河里。狂风卷起乌云，吹得人透不过气来。暴雨如矢，似要穿透河底，激得水面白茫茫一片。

这时，电光划破黑暗，放眼看去，波涛汹涌，水花凌空，似有无数天使正欲展开雪白的双翅飞舞。即便是克利斯朵夫，今夜渡河也倍感艰难。他紧拄着拐杖，有如基础朽蚀的高塔，几度摇摇晃晃，停下脚步。奇怪的是，肩上的童子愈来愈重，比风雨更让他吃力。起初，因他刚猛强悍，尚能忍受。将近河心时，白衣童子益发沉重起来，他几乎疑心背的是擎天磐石。克利斯朵夫终于给压倒。"就让我命丧流沙河吧。"心中正这样打算。猛然，耳边响起小山雀的鸣声，那是一向听惯了的。心中不免疑惑："咦，这样黑的夜，小鸟如何能飞呢？"抬头望天，好奇怪呀！童子头上，有一轮金灿灿的新月形光环，小山雀任凭风狂雨猛，纷纷飞向金光，雀跃不已。巨汉思忖："小鸟尚且如此勇敢，何况咱家生而为人，三年勤修，岂能毁于一夕！"狂风将葡萄蔓似的乱发刮向空中，飒飒作响。波涛澎湃，激荡着他的胸膛。他抓紧几欲摧折的粗拐杖，拼命向对岸奔去。

约莫一个多时辰，克利斯朵夫历尽艰辛，终于像一头斗得筋疲力尽的狮王，气喘吁吁，摇摇晃晃，爬上了对岸。他将粗粗的柳木拐杖插入沙中，从肩上将童子抱了下来，长吁一口气道：

"哎呀，孩子，连高山大海都没你沉哪！"

童子微微一笑，暴风雨中，头上的金光愈加灿烂辉煌，仰起头望着巨汉的面孔，仁慈地答道：

"不错。今晚，正是今晚，你背负的是一身承受着全世界苦难的耶稣。"

基督声音如铃声一般美妙动听……

自从那天夜里，流沙河畔再也见不到那个吓人的巨汉——渡公的身影。据说唯一留下来的，就是插在对岸沙滩上那根粗大结实的柳木拐杖。而且，令人称奇的是，枯干的周围，还开着艳丽的红玫瑰，香气袭人。正如《马太福音》所记："清心的人有福了，因为他们必得见神。"

大正八年（1919）四月

（艾莲　译）

蜜柑

一个阴沉沉的冬日黄昏，我坐在由横须贺始发北上的二等客车的一角，呆呆地等着开车的笛声。车厢里早已点上了灯，难得的是，除我之外空无一人。朝外看去，今天与往日不同的是，昏暗的站台上未见一个送行的人，只有关在笼子里的一只小狗，间或发出几声哀鸣。这景色与我此刻的心绪竟出奇地吻合。我脑子里有一种难以名状的疲劳和倦怠，犹如雪前的天空般阴沉。我两手插进大衣兜里动也不动，连掏出晚报来看看的兴致都没有。

不一会儿，开车的笛声响了。我心里觉得略舒坦了一些，把头倚在后面窗框上，漫不经意地期待着眼前的车站缓缓地向后退去。然而，火车还未启动，只听见检票口那边传来一阵矮齿木屐的踢嗒踢嗒声。霎时，随着列车员的叫骂声，我乘坐的二等车厢的门哗啦一声拉开了，一个十三四岁的小姑娘慌慌张张走了进来。这当儿，火车猛地晃了一下，徐徐开动了。眼前掠过站台上的一根根廊柱仿佛被遗忘了的送水车，还有向车厢里给小费的人道谢的红帽子搬运工——这一切都随着刮进车窗的煤烟，依依不舍地朝后倒去。我总算松了口气，点上一支烟，这才懒洋洋地抬起眼皮，瞥了一下坐在对面座位上的小姑娘的脸。

那是个地道的乡下姑娘。没有油性的头发左右梳成两个半圆发髻，红得扎眼的两颊上横着道道皴裂的痕迹。脏兮兮的浅绿色毛围巾一直耷拉到膝盖，膝上放了一个大包袱。抱着包袱的手满是冻疮，十分珍惜地紧紧捏住一张红色的三等车票。我不喜欢小姑娘那粗鄙的长相，她那邋遢的衣着也令我不快。她甚至愚蠢得连二等和三等车厢都分不清，就更令人气恼。因此，点上烟之后，也是有心要忘掉这个小姑娘，我便漫不经心地把兜里的晚报摊在腿上。突然间，从车外射到晚报上的光线，变成电灯光，印刷粗糙的几栏铅字分外耀眼。不消说，火车现已驶入横须贺线上许多条隧道中的头一条。

灯光下，我浏览了一遍晚报，上面登的净是些世间寻常事，讲和问题、新婚夫妇、渎职事件、讣告，等等，这些都无法排遣我心中的郁闷——进入隧道的一刹那，我产生了一种错觉，似乎火车在逆向行驶，与此同时，我几乎是机械地扫视着一条条乏味的消息。不消说，我始终不能不意识到那小姑娘正坐在我面前，她的表情仿佛就是这庸俗现实的人格化。这辆正在隧道里行驶的火车、这个乡下小姑娘以及净是些寻常消息的晚报——这不是象征又是什么呢？不是这不可理喻的、卑贱而无聊的人生象征，又是什么呢？我百无聊赖，将未读完的晚报扔到一边，头又倚着窗框，像死人似的闭上眼睛，打起盹儿来。

几分钟后，我蓦地一惊，不禁环顾四周。那

小姑娘不知什么时候竟从对面座位挪到我身旁，几次要打开车窗。沉重的车窗好像不大容易打开。她那满是皲裂的脸颊更红了，一阵阵抽鼻涕声，轻微的喘气声，一股脑儿地涌入我的耳鼓。这当然足以唤起我几分同情。暮色中长满枯草的两侧明亮的山腰，此时迫近窗前，眼看火车就要开进隧道口了。

尽管如此，这个小姑娘为什么特意要把关着的车窗打开，我觉得不可理解。不，我只能把这视为她心血来潮。因此，我依然抱着一种幸灾乐祸的心理，冷眼望着那双生着冻疮的手，苦苦地要打开车窗的情景，但愿她永远也成不了。

不一会儿，火车发出凄厉的轰鸣，冲进隧道；这当儿，小姑娘想要打开的那扇车窗，终于吧嗒一声落了下来，一股乌黑的空气像是烧化的煤烟似的，顷刻变成令人窒息的烟雾，从方形窗孔呼呼地灌满车厢。本来就患咽喉炎的我，连用手帕蒙住脸都来不及，呛了一脸的烟，咳嗽得气儿都喘不上来。但是小姑娘对我毫不在意，把头伸到窗外，直盯着火车前进的方向，她那挽着两个半圆形发髻的鬓发在黑暗中任风吹拂。在煤烟和灯光中我望着她的身影，窗外不知不觉已亮了起来，泥土、枯草和水的气息冷飕飕地灌了进来，我总算止住了咳嗽，要不然，我准会劈头盖脸地把这个陌生的小姑娘训斥一顿，让她把窗户照原样关好。

然而，这时火车已平安地穿过隧道，正通过夹在净是枯草的山岭当中的一个贫寒小镇边的道口。道口附近，寒碜的茅屋顶和瓦房顶杂乱无章地挤在一起。大概是看道工在打信号旗吧，一面发白的小旗形单影只地在暮色中无精打采地摇晃着。火车刚驶出隧道时，我看见在萧索的道口栅栏对面，三个红脸颊男孩挤着站在一起。他们的个子仿佛叫阴沉沉的天空压得都很矮，穿着的颜色和镇边的风景一样凄惨。他们仰望着火车开过，很快一齐举起手，扯着稚嫩的嗓门拼命尖声地不知在喊着什么。转眼间，那从窗口探出半个身子的小姑娘，一下子伸出长着冻疮的手，使劲地来回摆动，忽然间，令人惊叹的是，沐浴着和煦阳光的五六个蜜柑，从窗口一个接一个地飞落到送行的孩子们的头上。我不禁屏住气息，顿时恍然大悟。小姑娘，恐怕是前去当用人，把揣在怀里的几个蜜柑从窗口扔下去，以慰劳特意到道口来为她送行的弟弟们。

暮色中小镇边的道口，小鸟啼鸣般的三个孩子，还有散落到他们头上的蜜柑那鲜艳的颜色——这一切从车窗外转瞬即逝。然而，此番情景却痛切地铭刻在我的心上。我意识到自己不由得产生了一股莫名其妙的豁然开朗的心情。我昂然扬起头，像看另一个人似的注视着那个小姑娘。她不知什么时候已回到我对面的座位上，浅绿色的毛围巾依旧围着她那满是皲裂的脸颊，抱着大包袱的手里，紧紧捏住那张三等车票。

这时，我才聊且忘却那难以名状的疲劳和倦怠，还有那无法理喻的卑贱而无聊的人生。

大正八年（1919）四月

（刘光宇　译）

沼泽地

一个雨天的下午，我在某画展的一间展室里，发现了一幅小油画。说发现不免有些夸张，但唯有这幅画挂在光线最幽暗的角落里，画框也破旧简陋，像给人遗忘了似的，所以这么说倒也无妨。记得画名叫《沼泽地》，画家也并非什么名人。画面上，只画着浊水、湿土以及湿土上繁茂的草木。大概对一般观赏者来说，的确是不屑一顾的一幅作品吧。

不可思议的还有这位画家尽管画的是葱茏的草木，却没有使用一点绿色。芦苇、白杨和无花果树，遍涂着混浊的黄色，犹如潮湿的墙土一般晦暗的黄色。这位画家难道真的把草木看成了这种颜色？还是别有所好，故意加以夸张呢？——我站在这幅画面前品味着，不禁心头产生了这样的疑问。

我越看越觉得这幅画里蕴藏着一种可怕的力量。特别是前景中的泥土，画得那么逼真，简直令人联想到踩上去时脚底下的感触。这是一片滑溜溜的淤泥，踩上去扑哧一声，会没到脚踝。在这幅小油画中，我发现了那位可怜的艺术家的身影，他正极力锐敏地去捕捉大自然。如同从所有的艺术品中所感受到的那样，这片黄色的沼泽地上的草木，也令我感受到一种迷离恍惚的悲壮的激情。事实上，悬挂在同一会场上大大小小、风格各异的绘画当中，没有一幅具有如此强烈的感染力，能与这幅画相媲美。

"这么欣赏它呢。"有人这样说道，同时拍了一下我肩膀。我觉着仿佛心里的什么东西被抖落掉似的，猛然转过身来。

"怎么样，这画？"对方一边漫不经心地说道，一边指着《沼泽地》这幅画，翘了翘他那刚刮过胡须的下巴。他是一家报社的美术记者，穿着时髦的茶色西服，身材魁梧，素以消息灵通人士自居。这位记者从前给我留下一两次不快的印象，因而我勉强答道："是杰作。"

"杰作——吗？这可有意思。"记者捧腹大笑。也许是被这声音惊扰了吧，在附近看画的两三个人不约而同地往这边望了望。我更加不快了。

"真有意思。这画本来不是会员画的。因他本人曾一再念叨，要把画拿到这儿来展出，遗属恳求审查员，好不容易才挂在这个角落里。"

"遗属？难道画这幅画的人已经去世了？"

"死了。其实，他活着也虽生犹死。"

不知不觉，好奇心压过我的不快情绪。我问道："为什么？"

"这个画家很早就疯了。"

"画这画的时候就疯了吗？"

"那还用说。要不疯，谁会画出这种颜色的画来呢？而你居然还欣赏它，说是杰作呢。这可真有意思！"

记者又得意地放声大笑。他也许算定我会对自己的无知感到羞耻，接着进而想使我对他的卓越鉴赏力留下印象。但他这两个期望全落空了。因为在听他说话的同时，一种近乎庄严的感情宛如难以名状的波澜，撼动了我的整个身心。我肃然起敬，又一次凝视着这幅《沼泽地》。在这块小画布上又一次看到了被恐惧的焦躁和不安所折磨的艺术家的痛苦身影。

"不过，听说他似乎是因为不能随心所欲地画画才发疯的。要说可取的话，这点倒是可取的。"

记者神情开朗，似乎挺高兴地微笑着。这就是无名艺术家——我们当中的一个，牺牲了自己的生命，从世上换来的唯一报偿！我周身感到异乎寻常的战栗，第三次望了望这幅忧郁的画。画面上，灰蒙蒙的天与水之间，潮湿的黄土色的芦苇、白杨、无花果树，生长得那么生机勃勃，令人犹如看到了大自然本身……

　　"是杰作。"我凝视着记者的脸，昂然地重复道。

大正八年（1919）四月

（刘光宇　译）

疑

惑

　　事情距今已有十多年了。一年春天，我应邀去讲实践伦理学，在岐阜县的大垣町前后逗留了一个星期。地方上一些热心人的盛情款待，常令人为难，我对此也一向发怵，所以此次便事先致函招待我的教育家协会，希望对一切迎送、宴请、参观名胜，以及借讲演的名头白白消磨时间一类的事，予以拒绝。这样一来，大概当地很快便风传我是个怪人。不久我到了当地，由于协会会长大垣町町长的斡旋，一切安排不仅如我所愿，就连住宿也特意避开普通旅馆，住到镇上一户世家N氏清幽的别墅。下面要讲的，就是这次逗留期间，在别墅里偶然听到的一桩惨剧的始末。

　　别墅坐落在巨鹿城关，远离花街柳巷。尤其

八叠大小的起居室，是书院式格局，只可惜光线不大好，不过隔扇和拉门倒也颇具雅趣，果然是个安静的所在。别墅里一对看门的夫妇照顾我的起居，没事时，总是待在厨房里。所以，这间八叠大小的昏暗房间，没有一点儿人气，异常冷清。玉兰花枝低垂在花岗岩洗手钵上，不时落下几朵白花，四周静得连这落花的声音都清晰可闻。我只是每天上午去讲课，下午和晚上就待在房间里，日子过得极是清静。除了几本参考书和换洗衣物装在皮包里外，我别无长物，不免时时会有孤寂之感，愈觉春寒料峭。

虽说如此，下午也偶尔有客人来，正可解闷儿，所以，倒也不觉得太过寂寞。可是，一旦点上那盏古色古香的竹筒灯，活生生的人间世界，顿时全部凝缩在我周围——那盏微弱灯光所及的地方。然而，我丝毫不觉得周围有什么安全感。身后的壁龛里，庄重地摆着一个没插花的铜瓶。上面挂了一幅奇怪的杨柳观音，装裱在发了黑的织锦缎上，墨色模糊，难以辨认。有时看着书，偶尔抬起眼睛，回头望见那幅陈旧的佛像时，总觉得闻到一阵阵线香味儿。其实，压根儿就没点香。房间里笼罩着一种寺庙般的静寂，所以我经常睡得很早。可是上了床，又总是难以入眠。挡雨板外夜鸟的声音忽远忽近，不断吵扰着我。鸟声使心里展现出屋顶上的天守阁。白天望过去，总是这样一副光景：天守阁的三层白墙掩映在蓊郁的松林里，飞檐的上空，数不清的乌鸦凌乱地盘旋。不知不觉，我迷迷糊糊睡了过去，却仍感到心底荡漾着似水春寒。

于是，有天夜里——演讲的日期已快结束，我照常盘腿坐在灯前，漫不经心地看书。突然，挨着隔壁房间的拉门静静地开了，静得有些疹人。本来，我下意识在盼着别墅的守门人来，等察觉到门打开的工夫，心想，正可求他把刚写好的明信片寄出去。无意中朝那边瞥了一眼，门边昏暗的光线下，端坐着一个四十来岁的男子，我从未见过。说实话，那一瞬间，我与其说是惊愕，不如说，不由自主地感到一种神秘的恐怖。而那男子也确有吓人之处：浑身罩在模糊的光影中，简直形同幽灵。两人目光相遇时，他按老式规矩，高高支起两肘，恭敬地低下头，呆板地寒暄，声音比想象的要年轻：

"这么晚，还在您百忙之中来打扰，实在抱歉得很。但有点事想求先生，便顾不上失礼，冒昧前来。"

我这才从惊愕中恢复镇静，趁他说明来意的工夫，开始从容地打量他。他额头挺宽，两颊消瘦，灵动的眼睛与年龄不大相称，头发已经半白，人很斯文。和服上虽然没印着家徽，但穿着外褂和裙裤，倒也不寒酸，而且膝盖前还端端正正摆着一把扇子。猛然间，我发现他左手少了一指，这一下又刺激了我的神经，目光不由得赶紧躲开那只手。

"您有何贵干？"

我合上正读的书，冷淡地问道。不用说，对他的唐突到访，既感意外，也很恼火。而且，别墅的守门人对来客的事，竟不通报一声，我也有些讶异。可来人并不在意我的冷淡，再次头低到席子上，依旧照本宣科似的说：

"没来得及告诉先生，我叫中村玄道，每天去听先生的讲座。当然了，那么多人里，恐怕先生未必记得我。今晚也算是我们的缘分吧，今后还请先生多指教。"总算明白了这个男人的来意。但清静的夜读被打断，我仍然感到不快。

"这么说，是对我的演讲有什么疑问吗？"

与此同时，心里已拟好颇为得体的下文，准备将他挡回去："有问题，请明天课堂上再提吧。"可是，对方表情纹丝不改，视线始终落在膝盖上。

"不，不是有问题。我没什么问题，只想就自己的行为和对善恶的判断，请教先生。现在算来，大约在二十多年前，发生一件意想不到的事，结果我对自己，竟怎么也弄不明白了。因此，我想若能请教您这位伦理学界的大家，一切自会有分晓。所以，今晚冒昧造访，还望先生鉴谅。在下的遭遇虽说乏味，可否烦请先生一听？"

如何回答，我多少有些踌躇。诚然，从专业

来讲，我的确是个伦理学家，但是，很可惜，我不是那种机灵的主儿——活用专业知识，随机应变，当即解决眼前的实际问题。我不敢自负有这种本事。对我的犹豫不决，他大概早已察觉，抬起一直落在膝盖上的视线，胆怯地看着我的脸色，声音比刚才自然多了，恭敬地恳求说：

"当然，我并不勉强先生非给我一个正确的判断不可。只是我已到了这个年纪，一直为这事所困扰，哪怕向先生诉说一下我的痛苦，对自己多少也是一个安慰。"

给他这么一说，出于情理，我也该听一听这个陌生人的话。但同时，一种不祥的预感和一份模糊的责任，沉甸甸地压上了心头。我一心想拂去这种不安，故作轻松，隔着昏黄灯火招呼他靠近些：

"好吧，那就听你说一说吧。不过，听完后，能否谈出什么意见供你参考，就另当别论了。"

"哪里，只要先生肯听，已经足矣。"

这个自称中村玄道的人用那缺了一指的手，

拿起席上的扇子，不时抬眼偷偷看我一下——不如说是偷偷看一眼墙上的杨柳观音——声音仍是那么呆板忧郁，断断续续地讲了起来。

　　事情发生在明治二十四年（1891）。您知道，明治二十四年，正是浓尾大地震的那年。打那以后，大垣完全变了样。当时，镇上有两所小学，一个是藩主建的，另一个是镇上修的，分成这么两所。我在藩主建的那所 K 小学就职。在此前的两三年里，我以第一名的成绩毕业于县师范学校，稍后又得到校长格外器重，年纪轻轻，每月就拿到十五元的高薪。现下的十五元月薪可能是捉襟见肘的，可二十多年前，虽然说不上富裕，但也衣食无忧了。在同事中，不论哪方面我都是众人称羡的对象。

　　家里上无老下无小，只有妻子一人，刚结婚还不到两年。妻子是校长的远亲，从小离开父母，嫁给我之前，校长夫妇一直把她当作亲生女儿一样抚养。名字叫小夜。这话或许不该我来说，她非常柔顺，爱害羞，而且话也不多，总像一片淡淡的影子，似乎生来就很苦命。像我们这样的夫妇，虽说没什么大喜大乐之事，日子倒也过得平平静静。

然而发生了那场地震——我怎么也忘不了，十月二十八日，大概是早上七点多吧。我正在井边刷牙，妻子在厨房盛饭。——之后房子就倒了。就那么一两分钟的事儿，宛如狂风般响起了骇人的地鸣，转瞬之间房子就倒塌下来，然后只见瓦片纷飞。没等我回过神来，就被突然落下的房檐压在下面。我拼命挣扎，随着不知从哪儿涌来的震波摇摆着，好不容易从暴土扬烟的房檐下爬出来一看，眼前是我家的房顶，就连屋瓦上的杂草也被压扁了。

那时我的心情，说不出是惊恐还是慌张，失魂落魄，只管瘫坐在地上。仿佛在暴风雨的大海上，前后左右，满眼是各家坍塌的屋顶，地鸣声，屋梁砸下的声音，树木折断的声音，墙壁倒塌的声音，还有数以千计的人四处逃窜的惊叫声，我茫然听着这些杂然交织在一起的声音。蓦地，发现对面房檐下有个东西在动，我猛地跳起来，恍如刚从噩梦中惊醒似的，嘴里大声喊着，立刻奔了过去。我妻子小夜下半身压在屋檐下，正痛苦地挣扎着。

我抓住她手，拼命去拉，想把她的肩膀扶起来，但压在身上的房梁，纹丝不动。我惊慌失措地搬开一块块檐板，不停地给妻子打气："要挺住！"难道这仅仅是对妻子说吗？或许也是勉励我自己吧？小夜说："太难受了。"还说，"快想想办法呀。"用不着我给她打气，她面无血色，拼命想挪开房梁。那时，我见妻子两手染满鲜血，连指甲都看不出来了，颤巍巍地摸索着房梁。那情景，至今还留在我痛苦的记忆中，历历如在眼前。

过了很长很长时间——我突然发觉，不知从哪儿冒出滚滚的黑烟，刮过房顶，扑面而来，熏得我透不过气。与此同时，浓烟的方向发出猛烈的爆裂声，火星像金粉一样，噼里啪啦，在空中飞舞。我发疯似的抓住妻子，再次拼命想把她从房梁下拽出来。可妻子的下半身纹丝不动。我全身笼罩在浓烟里，一条腿跪在房檐上，和妻子说了些话。

说了什么呢？我想您会这么问。您一定会问的，可我真的什么也记不得了。唯一记得的是，妻子沾满血的手紧紧抓住我的胳膊，嘴里叫着我。我望着妻子的脸——没有任何表情，只有眼睛睁得老大，神情好恐怖。紧接着，不光是烟，火势挟着火星猛袭过来，呛得我头晕眼花。我心想，这下完了。妻子会给活活烧死的。活活烧死？我握着妻子血淋淋的手，大声喊着什么。妻子也反复地叫着我。她对我的呼唤，当时在我听来，含有无穷的意义，无尽的感情。活活烧死？要活活给烧死吗？这回我又喊了起来。记得像是说"那就死吧"，似乎还说了句"我也一起死"。我没意识到自己在喊什么，这工夫顺手捡起一块掉在地上的瓦片，砸在妻子头上，一下又一下。

以后的事，任凭先生想象了。我一个人活了下来。整个镇子笼罩着浓烟和烈火，家家的屋顶

像小山一样，堵塞了街道，我从中逃了出来，好
歹捡回一条命。这到底是幸运还是不幸？我什么
都弄不清了。那天晚上，依旧燃烧的火光照亮了
黑暗的夜空，我和一两个同事在倒塌的校舍外的
地震棚里，眼望着火光，手里攥着刚做得的饭团，
禁不住泪流不止，我至今都忘不了。

中村玄道沉默了半晌，胆怯的目光盯着席子。
我突然听到这一席话，更觉得空旷房间里的春寒
沁到了脖颈，连一句话都说不出来。

房间里只有灯芯吸油的声音，还有放在桌上
的怀表嘀嗒的计时声。细听之下，似乎壁龛里的
杨柳观音也动了动，轻轻地叹息。

我抬起怯怯的目光，打量着悄然坐在对面的
男人。那声叹息是他发出的吧？要么是我？ ——
没等我想明白，中村玄道又低声慢慢说了起来。

不用说，妻子临终前的情形，我为之痛苦。
不仅如此，有时在校长和同僚的亲切慰问下，还

会在大家面前不顾脸面地落下泪来。唯有在地震中我杀妻这件事，竟没有漏一点口风。

"与其活活给烧死，不如我动手让她死吧。"——这事要是说出来，准会把我送进班房。不，兴许反而倒会有更多的人同情我。每次刚要出口，却不知怎么回事儿，喉咙像给堵住似的，话到口边，竟连一个字都说不出来了。

全因我当时太胆小了。其实，还不仅仅是怯懦，还有更深一层的原因。这个原因，直至我准备再婚，正要重新开始新生活时，我自己都毫无察觉。等我明白时，才知道自己在精神上完全是个可怜的失败者，已经没有资格再过正常人的生活了。

提出再婚这事的，是形同小夜父母的校长。我知道，这纯粹是为我着想。实际上，那时地震刚过一年多，校长正式提出之前，私下里不止一次探过我的口风。可是听了校长的话，颇感意外的是，对方正好是先生现在下榻的N家的二女儿。当时，我除学校的课程外，还兼做家庭教师，她恰巧是我教的一个普通四年级学生的姐姐。不用说，一开始我回绝了这头婚事。首先，身为教员的我和富绅N家门不当户不对。再说，我一个家庭教师，保不准会无端遭人猜忌，说婚前有什么不清不白的事，那就太没意思了。而且，我不起劲的另一个理由是，虽说去者日已疏，不像当初那么铭心刻骨，可我亲手打死小夜的情景，仍像彗星的尾巴一样，还依稀纠缠着我。

校长知道了我的心思，便摆出种种理由，耐心劝我，说我年纪轻轻，往后过独身生活，会困难重重；何况这桩婚事是对方提出来的，他又亲自做媒，别人不会有什么闲话；而且，平日我一直想到东京求学，结了婚，这事就好办了。给校长这样一说，我不好再固执己见，一口回绝。听说姑娘人长得不错，尤其让您见笑的是，对方老大的家产也叫人没了主意。禁不住校长的再三劝说，我渐渐动了心，便说："让我再好好考虑考虑。""好歹过了今年再说吧。"转过年，明治二十六年（1893）初夏，万事齐备，只等秋天办喜事了。

就在一切已成定局时，不知为什么，我反而闷闷不乐起来，干什么事都无精打采，连自己都觉得奇怪。比方说在学校里，我总是靠在桌子上发呆，胡思乱想，常常连上课的打板声都没听见。要说有什么可担心的，其实自己也说不清。只是觉得，脑子里像有个齿轮没合上齿——而且，没合上齿的那面盘踞着一个秘密，超出我的智力，令人极为不快。

这情况大约持续了两个来月。就在暑假期间，一天傍晚，我出去散步，顺便到本愿寺僧舍后街的书店看看。店前有五六本当时评价颇高的《风俗画报》，同《夜窗鬼谈》《月耕漫画》摆在一起，封面还是石版印刷的。于是，我便站在店前，随手拿起一本《风俗画报》，封面是倒塌的房屋和火灾现场的画面，两行大标题是"明治二十四年十一月三十日发行，十月二十八日震灾新闻"。一看之下，我的心狂跳起来。耳边好像有人幸灾乐祸地说："是的，是的！"店内还没有点灯，借着昏暗的光线，我慌忙翻开封面。首先映入眼帘的是一家老小被压在梁下惨死的情景。接着，是小女孩两腿陷在断裂的地里，即将被吞没的画面。

不用再一一列举了，那本《风俗画报》，再次给我展现出两年前大地震的情景。长良川铁桥塌陷图、尾张纺织公司毁灭图、第三师团官兵尸体发掘图、爱知医院伤员救护图——一个个凄惨的画面，又勾起我那该死的记忆。我的眼睛湿润了，身体颤抖着。那种感情，说不清是痛苦还是快乐，震撼着我的精神，令我无从取舍。等到最后一个画面呈现在眼前时，我的惊愕，直到今日还清清楚楚烙印在心上。画面上是一个女人，给落下的房梁砸在腰部，痛苦地扭动着身躯。横梁那头，黑烟滚滚而来，不时吞吐着红红的火焰。这若不是我妻子能是谁？不是我妻子临终的场面又能是什么？手里的画报差点儿掉到地上，我险些喊出声来。就在那一刻，更把我吓一跳的是，周围突然亮了，一股烟味儿像着火似的扑鼻而来。

我强自镇定心神，放下画报，惊恐地朝店内

扫了一眼。店里，小伙计刚点上吊灯，正把还燃着的火柴棒扔在暮色的街道上。

从此以后，我变得更加忧郁了。以前，我只是感到一种莫名的不安在威胁我，后来，一种疑惑便在我脑中盘旋，不分昼夜地呵责我，折磨我。我的意思是，大地震时我杀掉妻子，难道真是出于不得已吗？说得再明白些，我对妻子，莫非早就起了杀心不成？只不过大地震给了我机会也未尝可知——这正是我所疑惑的。对这种疑惑，我不知有多少次想断然否定："不是的，不是的！"可在书店里，却有个声音在耳边低语："是的，是的！"每当这时，那声音就会嘲弄地逼问我："那你杀妻的事，为什么不敢说出来呀？"一想到那件事，我心里必定会咯噔一下。啊，杀了就杀了，为什么不敢承认呢？做下那么可怕的事，为什么还要拼命隐瞒，一直隐瞒到现在？

这时，在我记忆里，鲜明地浮现出一件可怕的事实：我当时心里正恨我妻子小夜。如果怕难为情不说，您会莫名其妙。我妻子是个不幸的女人，她身体有缺陷（以下省略八十二行）……直到那时，虽说我有过动摇，可我相信，我的道德感毕竟战胜了一切。然而，发生了大地震那样的天灾人祸，一切社会的约束都已隐遁消失的时候，我的道德感怎么会不随之产生分裂呢？我的利己心怎么能不像火焰般地腾然而起呢？我没法不疑惑，我杀她，不正是想杀才杀的吗？我愈来愈忧郁了，可以说这是命中注定了的。

不过，我又为自己开脱："在当时那种场合，即使不杀她，她也准会活活叫火烧死。这样看来，杀她并不能说就是我的罪过。"可是，有一天，季节已从盛夏过渡到了残暑，学校已经开学了，我和其他教员在教员室里围着桌子喝茶，随便闲聊。不知什么工夫，话题又落到两年前那场大地震上。只有我缄口不言，充耳不闻——什么本愿寺僧舍的房梁掉下来啦，栈桥的堤坝塌下来啦，俵町的马路裂开来啦，等等，左一件右一件越说越起劲。后来一个教员讲了一件事：中街备后屋酒馆的老板娘给压在房梁下面，身子动不了，这时火烧了起来，多亏房梁烧断了，才捡回一条命。听了这话，我突然眼前一黑，一时间好像连呼吸都停止了似的，完全失去知觉。等我苏醒来，看到同事们都围在我跟前。他们见我脸色忽地变了，连椅子都快要一起倒下去，不禁大吃一惊，又是喂水，又是拿药的，正忙作一团。可是我根本顾不上向同事们道谢，满脑子都是那可怕的疑团。我岂不是成心把妻子杀掉的吗？虽说给压在房梁下，我难道不是怕她万一得救，才动手打死她的吗？要是当时不这么做，她也许会像备后屋的老板娘那样，碰上运气，能够死里逃生。我是那么无情，竟用瓦片一下就把她打死了。想到这里，我的那份痛苦，唯有请先生明鉴了。在这种痛苦中，我决意哪怕把 N 家的婚事推掉，也要给自己减去几分罪孽。

但是，眼看要办喜事时，好不容易下的决心，却因割舍不下这一切，反又退缩了。大喜的日子愈来愈近，到了这节骨眼上，突然提出解除婚约，势必得和盘托出地震时杀妻的事，说出至今藏在心中的苦闷。我这人一向谨小慎微，一旦到了紧要关头，不论如何鞭策自己，也不会拿出勇气去贸然行事。我一直责备自己不中用。但说归说，却没做出任何举动。残暑已过，又逢晓寒，洞房花烛之日终于近在眼前。

那时，我已很少开口说话，人变得极其消沉。不止一两个同事劝我，把婚期往后拖一拖。校长也再三劝我去看看大夫。对众人的关心，哪怕表面上敷衍一下也好，说我会注意健康，可我竟连这点儿气力都没有。而且，我利用大家的担心，假装抱病，拖延婚期，现在想想，真觉得没出息。另一方面，N 家的主人还误以为我消沉的原因，是长期独身的缘故，几次三番催我早日完婚。日子虽然不是同一天，月份恰在两年前发生大地震的十月里，婚礼终于在 N 家的正宅举行了。连日来，我心力交瘁，穿着新郎礼服，让人领进围着金屏风、富丽堂皇的大厅时，心里对今日的自己，真不知有多么羞愧呀！甚至觉得自己简直像个恶棍，要避人耳目，去做罪大恶极的勾当。不，不对！我简直就不是人，实在是个隐藏起来的杀人犯，是个要把 N 家的女儿连同财产一起盗走的大坏蛋。我的脸发烫，胸口越来越痛楚。要是可能，我真想当场把杀妻的罪恶——供认出来。这念头，仿佛狂风暴雨，在脑中激烈翻滚。这时，我座位前的席子上，梦幻般地出现了一双雪白的夹布袜。接着，看到和服下摆上绘的花样，霞光缭绕的波浪之上，隐约可见松柏与仙鹤。再后来，是金线织的锦缎腰带，荷包上的银锁，白色的衣领。依次看上去，直到高岛田发髻，上插沉甸甸、亮光光的玳瑁梳和簪子，映入眼帘时，一种身陷绝境的恐惧，逼得我快透不出气来，不禁双手伏地，声嘶力竭地喊道："我是杀人犯！罪大恶极的杀人犯！"……

中村玄道讲完后，盯着我的脸看了一会儿，嘴角强挤出一丝笑容。"后来的事，就不用再说了。但有一件事应该告诉先生。说来可怜，打那天起，我就不得不背上疯子的名声，来了此残生。至于我究竟是不是疯子，一切听任先生明断吧。不过话又说回来，即便是疯子，使我发疯的，难道不正是潜藏在我们人类心底的怪物吗？只要那个怪物存在，今天嘲笑我为疯子的那些人，明天没准儿也和我一样，会变成疯子。——我是这么想的，不知先生以为如何？"

春寒中，灯火在我和这位阴森的客人之间，依旧闪烁不已。至于询问他缺一指的原因，我连问一声的气力都没有了，唯有背对着杨柳观音，默然坐在那里。

大正八年（1919）六月

（罗嘉　译）

妖
婆

　　您也许不相信我讲的这个故事。是的，您肯定怀疑我在胡编乱造。古时有无此等怪事我不得而知，而它却发生在大正年间太平盛世，且发生在我们久住熟知的东京。一出门，满眼便是往来穿梭的电车和汽车；回头进屋，耳畔不时响起电话铃声。打开报纸，映入眼帘的是同盟罢工和妇女运动的报道……就在这样的一天，就在这大都市的一角，发生了似曾在爱伦·坡以及霍夫曼小说中读过的、令人毛骨悚然的怪事。空口无凭您当然不信。然而，东京街区何止百万灯火，却无法燃尽紧随日落降临的夜幕，令城市重返白昼。同样，尽管无线电通信和飞机征服了大自然，但它毕竟不可能揭示出隐藏于大自然深处的神秘世界的地图。那又怎能断定，在文明阳光照耀下的东京，那些平常只在梦中上蹿下跳的精灵，不会在时空中展现奥尔巴赫作品中描述的魔窟般的光怪陆离呢？它们从来不受时空的限制。您若瞧得仔细就会发现，那令人惊异的超自然现象犹如夜半开花一般，始终在我们身边神出鬼没。

比如说，冬日午后您在银座大街上走路，准会看到落在沥青路面上的纸屑。数来约有二十片，集聚一处随旋风打转。若仅此而已，倒也没有故事可讲。倘若您愿意试试，不妨数数纸屑打转有几处。从新桥到京桥之间，必定是左侧三处，右侧一处。且无一例外，都在十字路口附近。若说此乃气流所致，倒也没错。但您仔细观察又会发现，每簇纸屑中肯定有一片是红纸——或是电影广告，或是千代花纸的边角乃至火柴商标。种类再多，红色必居其中。它俨似纸屑的首领，一旦阵风袭来便率先翩翩起舞。此刻，微尘中便响起窃窃私语之声。散落于各处的白色纸屑，旋即消失在沥青路上空。不是消失，而是一齐轻盈地画出弧线流萤般飞起。风渐停时亦然，即如刚才我之所见，红色纸屑率先飘落。看到此处，您也会称奇叫绝，我自然深感诧异。其实，我曾两三次伫留街头，在橱窗大股倾泻的灯光下，凝神观察飞舞的纸屑。其实当我做此观察之后，平时人眼难辨之物即如夜幕中的蝙蝠，也变得隐隐约约、依稀可辨。

不过，东京令人百思不解的不只是银座大街上的纸屑，深夜乘电车时屡屡发生的怪事也令人匪夷所思。最可笑的，是那驶过杳无人影街区的红色电车和蓝色电车[1]。即使车站台上空无一人，它也要规规矩矩地停下来。您若对我所说的表示怀疑，即请在今晚躬亲验证。同是市内电车，据说动坂线与巢鸭线的此类情况居多，就在四五天前的夜晚，我乘坐的红色电车，一如既往地戛然停在无人上下的动坂线"团子坂下"站台。乘务员手拉铃绳向大街探出上半身，例行公事地招呼：

1　红色电车，倒数第二班车。蓝色电车，末班车。

"有人上车吗？"我就坐在票台旁，抬眼向车外望去，只见薄云遮月，洒下朦胧微光。车站支柱下自不待说，两侧人家亦关窗闭户，午夜的大街空空如也。我正暗自纳闷乘务员拉响了车铃，无人上下的电车随即启动。我空望车外，站台渐渐远去。此刻，我眼中却莫名其妙地出现了人影，在月光下渐渐缩小。毋庸多说，这是我心恍神迷。可那位赶路的红色电车乘务员，为何要停在无人上车下车的站台？而且，遇此怪事者并非仅我一人，熟人中也有那么三四位呢！难道说乘务员在停车前打盹儿了吗？据说，我的一位熟人还曾抓住乘务员指责："不是没有人上下车吗？"而乘务员却满脸狐疑地回答："我总觉得，有很多人上下车的。"

　　如果逐个列举，还有炮兵工厂烟囱黑烟逆风而飘，尼古拉教堂大钟午夜不敲自鸣，两台相同牌号的电车相随通过日暮时分的日本桥，空荡荡的国技馆每晚传出观众喝彩声……所谓"自然夜晚的侧影"，恰似美丽蛾子的穿梭飞行，也在繁华东京的大街小巷时隐时现。因此，我要讲的故事并非与您熟知的现实世界相去甚远，并非子虚乌有。不，您已了解东京夜晚的某些秘密，所以切勿藐视我讲的故事。若您听完故事仍感到有鹤屋南北[1]般的鬼火味道，那么与其说故事有失实之处，莫如说是我的罪过。因为我讲故事的本领，尚无法同爱伦·坡以及霍夫曼相比。一两年前，故事的主人公在某个夏夜与我相对而坐，一五一十地讲述了他的遭遇。当时，一种阴森森的妖气笼罩四周，令我至今难忘。

这位男子是日本桥附近出版商的少东家，我们常来常往。一般情况下，谈完业务他便早早回家。刚好那天傍晚下起了阵雨。本想雨停就走，可不知何故，就那么耽搁下来。皮肤白皙、眉宇清秀、身材消瘦的少东家，正襟危坐在盆提灯[2]微光映照的廊沿上，山南海北地聊着就过了初更。

1　鹤屋南北全名为鹤屋南北四世（1755—1829），日本德川时代晚期的歌舞伎脚本作家，以写神剧驰名，所刻画人物阴森可怖。

2　为了不让祖先和故人迷路，放在家里的供奉祖先的器具。

闲聊之间他说"有件事一直想说给先生听",随后便满脸忧虑地缓慢开讲。他讲的,自然是我要讲给您听的妖婆的故事。他身穿肩头染着一抹淡墨的上等麻布褂,将西瓜盘放在面前。那种生怕别人听到似的耳语姿态,我如今仍然记忆犹新。话说到此,还有一幕情景也深印脑海挥之不去。少东家上方挂着一盏盆提灯,圆鼓鼓的灯体映现出秋草的花样。对面远方,雨霁夜空散乱着黑压压的云团。

故事的要点如下。少东家新藏(为避嫌暂用此名)二十三岁那年,去找家住本所区一丁目的跳神婆婆算命。大概是六月上旬某日,新藏拽着在附近经营和服店的商业学校同学,一起去与兵卫寿司店小酌,不打自招地透露了心事。同学阿泰立时郑重其事地热情建议:"那你去找阿岛婆掐算掐算。"仔细一问方知,这位跳神婆婆两三年前从浅草一带迁居至此。她能掐会算,还擅长念咒,几乎到了差神使鬼的地步。"你也知道的嘛!就在前些日子,鱼店的女老板投河自尽……可就是不见尸体浮起来。找阿岛婆讨来护身符从头道桥往河里一丢，当天就浮起来了，而且就在丢护身符的头道桥桩跟前。恰巧傍晚涨潮；立时便被那里泊靠运石船的老板发现。人们嚷嚷着：'啊，是房客！''是土左卫门！'随即赶去桥头派出所报案。我路过时，巡警已到现场。我从人群外朝里一看，刚捞上来的女老板尸体盖着破席放在那里。席片下露出泡胀了的双脚，脚底紧贴着……你猜，是什么？就是那道护身符！连我都吓得打哆嗦了。"听到这里，新藏也感觉脊梁发冷。晚潮的暗色，桥桩的轮廓，还有河面漂着的女老板身影……这些景象忽地展现于眼前。不过，他还是不肯示弱，兴趣盎然地向前挪身说："真有意思！我一定找她掐算掐算。""那我帮你引见引见？几天前我托她算过财运，现在也算有点交情了。""那就拜托你了。"如此这般，两人叼着牙签出了店门，用草帽遮挡梅雨间歇中的夕阳，身着单褂肩并肩地前往跳神阿婆的住所。

我该说说新藏的心事。他家女佣阿敏姑娘与

他暗恋一年多，却不知何故，于去年年底探望生病的姨母时一去不返，音信皆无。不仅是新藏深感意外，连照管阿敏的新藏母亲也很牵肠挂肚。找了保人之后，又委托多方打探，费尽周折仍不明去向。有传闻说当了护士，又有传闻说当了谁家小妾。闲言碎语倒是不少，可一旦追根问底，却又都说不明详情。

新藏先是忧心忡忡，后又怒气冲天，近来便只是发呆和郁闷。母亲看到他失魂落魄的样子，隐约觉察到两人关系非同一般，更添了一层忧虑。于是叫他去看戏，叫他去泡温泉，或叫他替父亲参加应酬客户的酒宴。百般劳心费神，就是想让新藏振作起来。那天，母亲支使他去察看本所一带的零售店。其实是让他游玩消遣，还给纸袋里装了几张零花钱。恰好东两国区有儿时的伙伴，他就拽着阿泰到附近久违的与兵卫寿司店喝酒去了。

因有如此来龙去脉，新藏虽然喝得微醉，但去找阿岛婆的目的仍很明确。在头道桥向左拐，沿着行人稀少的竖川河岸向二道桥走百十来米，泥瓦匠铺和杂货铺之间夹着一座灰头灰脑的竹格窗、格子门房舍。这好像就是那位跳神婆婆的家。新藏意识到，自己和阿敏的命运竟决于这位怪阿婆的一句话，不祥的预感陡然涌起，将醉意驱赶得一干二净。况且，阿岛婆的住所从外观上看令人丧气，这是一座低檐平房。门口被梅雨浸润的檐溜石湿漉漉、绿茸茸的，令人诧异，仿佛青苔之间眼看就会长出蘑菇来。且与杂货铺相邻处有棵一抱粗的垂柳，密密匝匝的枝条遮蔽了窗口，使整个屋顶笼罩在暗影下面。阴森森的氛围中，那扇拉窗的深处似乎隐藏着极不寻常的秘密。

然而阿泰却毫不理会这些，走到竹格窗前才站停回头，恍若刚刚想起似的吓唬说："好了，马上就要拜见鬼婆婆了，你可别吓着了哟！"新藏当然也嬉笑着说："我又不是小孩子，能让一个老太婆吓着？"听他甩出这句话，阿泰反倒不满似的瞪了他一眼："哪里呀，不是看到阿岛婆吓着，是有一位你意想不到的小美人儿，所以提前打个招呼。"说着，便伸手搭在格子门上，并粗声大嗓地喊："有人吗？"随之传来闷声闷气的应答："哎！"轻拨拉门，跪坐在门里的是一位十七八岁的温顺姑娘。

果不其然，难怪阿泰说"别吓着"，此话没错。姑娘面庞娇小，鼻梁挺拔，白白净净，发际姣美。那双水灵剔透的星眸动人心魄……可这张脸庞却无缘地透出令人心疼的憔悴。连那蓝地白花单褂上的红罂麦花和服腰带，也似乎在挤压她的胸脯。阿泰见到姑娘，便摘下草帽问道："你母亲呢？"姑娘现出一脸无奈："真不凑巧，母亲出门了。"像是自己做错了事，姑娘眉目周围泛起红晕。突然，她冷眼瞟了一下窗外。"哎呀！"她轻唤一声就想站起身来。

阿泰思量此处地形特殊，会不会来了过街歹徒，慌忙回头一看，刚才站在夕阳余晖中的新藏已不知去向。没等阿泰回过神来，跳神婆婆的女儿早已跪在他膝前急切地恳求："请你一定告诉刚才那位同伴，千万不要来这里，否则他性命难保!"听姑娘断断续续说完,阿泰简直一头雾水,呆呆地站在那里。好在他还清楚已然受人之托,便应了句:"好的,我一定照办!"随即慌得草帽都没戴,冲出门外就去追赶新藏,一追就是五六十米远。

五六十米开外正好是荒寂的石岸。上半截是被夕阳映染的电杆,此外别无他物。新藏垂头丧气地呆立在那里,交叉双臂,眼睛盯着脚面。阿泰终于赶到,气喘吁吁地对他说:"你真是胡闹!我说别把你吓着,可你倒把我吓得够呛。你到底把那个小美人儿……"可新藏却又朝下一道桥头跌跌撞撞地走去,嘴里还激动地说:"我当然认识。那姑娘……我告诉你,就是阿敏!"阿泰又吓了一跳——也该着他再受惊吓。

说来说去,新藏找阿岛婆算命,正是要寻找阿岛婆的女儿。可是,阿泰也不能只为姑娘的嘱托,没完没了地担惊受怕,于是他把草帽一戴,立即把阿敏的话原模原样地学给了新藏。新藏先是俯首静所,随即皱着眉头,露出狐疑的目光气愤地说道："叫我别去她家这能理解，可去了就性命难保？简直莫名其妙，真是岂有此理！"然而阿泰也只是受人之托传话，且没问缘由就跑了出来，所以尽管心里很想安慰对方，却除了罗列一些应景的话，哪还有什么灵丹妙药？这样，新藏更像与己无关似的闭了嘴，并且加快了脚步。不一会儿，他们又来到了与兵卫寿司店号旗下。新藏突然转向阿泰，不无遗憾地脱口道："我真该见见阿敏。"阿泰则若无其事地挖苦说："那就再去一趟呗！"如今想来，这话等于给新藏想见阿敏的念头火上浇油。待了一会儿，新藏告别了阿泰，立即重返回向院前的"和尚斗鸡"菜馆，先要了两三壶酒自斟自饮，等待天色完全黑下来。天色黑透他便冲出酒馆，喷着酒气把单褂袖筒甩在身后，直奔阿敏家——也就是那位跳神婆婆的家。

漆黑夜空星月全无，地气蒸腾溽热难耐，时而掠过一丝凉风，是梅雨季节常有的天气。新藏当然放心不下，憋着劲儿要得到阿敏的真心话。他不肯无功而返。泼了墨一般的夜空下矗立着大垂柳，树下的竹格窗里透出黯然灯光。新藏也不管那小屋阴森瘆人，猛地拉开格子门，站在狭小门厅里就喊："有人吗？"里边恐怕已知来者何人，柔弱含混的应答似有几分颤抖。俄顷，拉门轻轻地开启。手撑地板、身披邻屋灯光的阿敏出现了。她面容消瘦憔悴，像是刚刚哭过。然而新藏却是酒足饭饱。他草帽扣在后脑勺上，冷冰冰地俯视着阿敏。"哎！你母亲在家吗？有点事儿想请她掐算掐算。能见我吗？你去通报一声！"他毫不理会阿敏的表情，自顾自痛快地发号施令。

　　阿敏心中难过，并手伏身。她已悲伤得濒临崩溃，浑身无力地只说了声："是。"却把泪水咽在肚里。正当新藏呵着映出彩晕的酒气又要催促时，邻屋隔扇门里传出阿岛婆无力的、鼻腔中哼出的、癞蛤蟆自语般的嗓音："哪一位呀？外边那个。别客气，进这屋来吧！""外边那个？"太不像话了！你这幽禁阿敏的罪魁，我先把你整治整治——新藏气势汹汹猛蹿上来，顺手脱去单褂，又把草帽扣在阿敏慌忙拦挡的手上，昂首走进邻屋。可怜的阿敏被撂在一边，紧紧靠在隔扇门上。她顾不上整理客人的单褂和草帽，泪汪汪的明眸直直仰望着顶棚，且将纤纤玉手合在胸前，口中不住地祈祷。

进了屋，新藏毫不拘束地把坐垫铺在膝下，旁若无人地四下打量。屋内正如想象，破烂的八铺席房间，黑黢黢的顶棚和支柱。正面有块六尺见方的木地板，墙面上方挂着写有婆娑罗大神的挂轴。下置神镜一面，供酒两壶，还毕恭毕敬地摆放着红、蓝、黄纸剪成的小纸币三四札。左侧套廊外就是竖川河道。或许是错觉，透过格窗仿佛听到淙淙水声。

却说阿岛婆，人在哪儿呢？木地板右方有个衣柜，柜上摊着点心盒、汽水、砂糖袋、鸡蛋盒等礼品。一位穿着黑地儿无领衫褂的大块头阿岛婆盘踞于柜前，几乎占满一铺席。她剪了头发，塌鼻梁、大嘴巴、青紫脸色，闭着睫毛稀稀落落的双眼，叉着浮肿的双手。刚才讲到阿岛婆说话像蛤蟆哼哼，眼前所见俨然一个非同寻常的蛤蟆怪，伪装成人样在喷吐毒气。新藏竟也心惊肉跳起来，觉得屋顶电灯都黯然无光。

不过，他当然早有精神准备，斩钉截铁地说："那就拜托阿岛婆帮我看看，我的姻缘命该如何。"或许阿岛婆没有听清，她努力睁开眼缝，一只手搭在耳旁重复问道："什么姻缘？"随后，又嬉笑着用那特有的含混嗓音说，"客官想要女人了吗？"新藏强忍即将迸发的怒火说："正因如此，才来找你，否则谁会到这种……"他也顾不得身份不身份了，不肯示弱地同样哼笑着回答。可阿岛婆却泰然自若，像蝙蝠振翅般呼扇着耳旁的手掌，讪笑着打断新藏道："我不会说话，你别生气。"然后改了口气，貌似认真地问："年龄多大？…'男方二十三岁，属鸡。""女方呢？""十七。""属兔啊！""出生月份是……""行了，只需知道年龄便可。"

说完，阿岛婆在膝头掐着手指，像是在数星星。不一会儿，她微抬松垂的眼皮朝新藏瞟一下，说："不成不成。大凶，大凶。"她先是危言耸听，后又自顾自宣判似的嘟囔道："要是结了缘，两人之中必有一人命丧黄泉。"新藏怒火中烧。看来就是她在背地里散布谣言，说我的姻缘危及性命。他忍无可忍，打着饱嗝喷着酒气破口大叫："大凶就大凶。男人一旦钟情，性命又算得了什么！烧死、砍死、淹死，都值得。"此时阿岛婆又微睁双眼，嚅动厚唇讥笑地说："那，男人先死了，女人怎么办？更别说死了女人的男人，一样是痛不欲生嘛！"老婆子，看你敢碰阿敏一根手指头。新藏瞪着阿岛婆激愤地说："男人和女人同生同死！"面对新藏的怒目而视，对方仍旧叉着手，抽动着菜色的腮帮子，嬉笑着反唇相讥："男人啊！"新藏后来说，当时他不由自主地打了个冷战。也难怪，这就如同向对方下了战书，所以他感到不寒而栗。

　　阿岛婆反唇相讥之后看到了新藏的畏缩，猛地扯了一下黑单褂衣襟，嗲声嗲气地说："不管怎么讲，人算不如天算！你别自不量力了！"随后突然翻起白眼，煞有介事地双手搭耳道："瞧瞧！

证据就在眼前！你听不到有人在叹息吗？"新藏
禁不住身心紧张地侧耳倾听。除了隔扇后阿敏的
动静，别无任何声响。此时阿岛婆眼珠转得更快。
她说："听不到吗？有一位跟你一样的年轻人，在
河边石头上唉声叹气呢！"阿岛婆向前膝行几步，
映在身后衣柜上的影子越发放大。新藏闻到了阿
岛婆身上的怪味。拉门、隔扇、神酒壶、神镜、
衣柜和坐垫，都在阴森森的妖气中走了样，呈现
出奇形怪状。"那位年轻人也跟你一样色迷心窍，
违抗了附在阿岛婆身上的婆娑罗大神。因此大神
立即降罪，年轻人转眼殒命。他就是你的榜样。
你好好听听吧！"话音如同无数苍蝇振翅般聒噪，
从四面八方钻进新藏的耳朵里。正在此时，拉门
外竖川边传来了什么人投河挣扎的喧嚣，撕破了
夜幕。闻声丧胆的新藏再也坐不住了，连最后威
胁阿岛婆的硬话都说不利索。他甚至忘了正在啜
泣的阿敏，跌跌撞撞地冲出阿岛婆的家。

　　新藏回到日本桥自己家中，翌日刚起床便看
到报纸报道昨夜竖川有人投河自尽。那是龟泽町

木桶匠的儿子。原因是失恋，地点在头道桥和二道桥之间的石岸边。想必此事对新藏打击太大，他突然发起了高烧，此后三日卧床不起。可他躺着也是心事重重。不用说，还是为了阿敏。当然现在看来，阿敏并非移情别恋。她突然告假又不让新藏再来，无疑都是阿岛婆的阴谋，他不好意思再怀疑阿敏。另一方面却又百思不解：与自己无冤无仇的阿岛婆，为何如此煞费苦心？再说，阿敏跟此等唆使别人跳河的鬼婆婆同住，恐怕时日不久，就会被赤身裸体地绑在祭祀婆娑罗大神的房柱上，点着松枝给烤了。

　　想到这里，新藏再也躺卧不住。第四天一离开寝榻，即欲找阿泰讨教妙策。恰在此时阿泰打来电话，且不为别的，正是阿敏的事。阿敏昨夜很晚去找阿泰，说一定要面见少东家说明详情。当然，她不能直接往东家打电话，只能托阿泰传话。新藏也想见到阿敏，于是紧贴着送话器急切询问阿泰："她要在哪里见面？"巧嘴利舌的阿泰先卖个关子："这个嘛……"然后说，"不管怎样，才见过两三次面，这个腼腆姑娘就说要到我家来，恐怕也是被逼无奈。我也被她感动，立刻与她合计你俩如何见面。她对阿婆谎称去洗澡，倒是能出得了家门。河对岸远了点儿——可又没别处可选，就告诉她到我家二楼。她却怕给我添麻烦，说什么也不肯。我想她这样客气也没错，就问她自己有没有想好的地方。她倒一下子红了脸，小声说明天傍晚少东家能否到附近石岸边见面。真是'野外幽会不问罪'，真是妙不可言。"阿泰似乎在强忍笑意。新藏可是笑不出来，他急不可耐地确认道："说好在石岸边见面啦？"阿泰回答："我没有别的办法，只好这样说定了，时间是六点到七点之间。谈完之后，你再到我这儿来一趟。"新藏应允并道了谢，紧接着挂上了电话。不过，现在到傍晚这段时间漫长难熬，一刻三秋。新藏拨了一会儿算盘，又帮着对了对账，再吩咐一下送中元礼的事宜。此时他仍无法掩饰自己焦急的神情，只顾盯看窗格上挂钟的时针。

　　痛苦中熬过了后晌，新藏终于在斜阳西照将

近五点时出了店门，此后便怪事连连。新藏趿拉上小伙计摆好的木屐，刚从散发着油漆味的新刊书籍广告牌后边向柏油路上迈出一步，就有两只蝴蝶擦着他的草帽飞过。可能是大凤蝶，翅膀上泛着疹人的青光。当然，那时他并没太在意。两只蝴蝶追逐嬉戏着向斜阳飞去。他瞟了一眼上空的蝶，跳上恰巧路过、开往上野的电车。在须田町换车到国技馆站下车时，又是那两只蝴蝶纠缠飞舞在草帽前。他并不认为是日本桥那两只蝴蝶追踪到此，所以仍不理会。

离约好的时刻还有些时间，于是他拐进第一条巷子，找到一家招牌上写着"薮"，清爽整洁的荞面馆，边吃晚饭边做准备。当然，今天要表现得风度翩翩，所以他滴酒未沾。可他又觉得胸口堵得难受，喝了一杯凉麦茶，这才稍有缓解。大街已昏暗下来，他像躲人耳目的逃犯一般，悄然撩开门帘来到店外。此时，一对蝴蝶又像跟踪一般，忽而飞到纳闷愣神的新藏鼻尖前。还是那种蝴蝶，黑丝绒般的翅膀上涂着青色荧光粉。可能是幻觉，飞向前额的蝴蝶，似乎将冷飕飕的夜气剪切成了乌鸦般的形状。新藏不禁惊诧驻足。此时，却见蝴蝶倏然变小，互相追逐着消失在苍茫暮色中。反复出现黑蝶怪状，新藏便又胆战心惊起来。弄不好，自己站在石岸边也要失控跳河。他变得犹豫不决，然而今夜来会面的阿敏更令他为之担心。因此他重又振作精神，走过夜幕之下，人影恍如蝙蝠一般地回向院门前，目不斜视地直奔约会地点。就在此时，从河边花岗岩狮子上方，又翩翩飞来两只泛着青光的蝴蝶，先是翅膀相互纠缠，忽而又被晚风拂扫，消失在昏暗的电杆根部。

这样一来，在石岸边徜徉等待阿敏的新藏也没了好心情。他一会儿扶正草帽，一会儿又瞅瞅收在袖管里的怀表。这不到一个小时的时间，比刚才在店里账台上那会儿更令人焦躁。然而，阿敏仍迟迟不来。他不由自主地离开石岸，向阿岛婆家走了几十米。右侧有一家澡堂，大大的彩绘仙桃上方挂一块仿唐刷漆招牌，写着"根治百病桃叶汤"。阿敏出得家门借口去澡堂，会不会到了这里？

恰在此时，有人掀开女池门帘来到昏暗街面。正是阿敏！她的打扮与上次见面毫无二致：腰系红瞿麦花纹的针织腰带，身穿藏青地儿碎花单裆。今晚刚刚沐浴，更显光鲜亮丽。银杏髻下鬓发乌黑润泽，还留着梳印。湿汗巾和皂盒款款捧在胸前，有所畏忌的眼神不安地顾盼左右。她一下子就发现了新藏，闪动着忧心忡忡的目光嫣然一笑，倏然轻盈地走到新藏身边，心事重重地说："让您久等了！""哪里，没等多一会儿。倒是你，出来一趟不容易吧？"说着，就和阿敏一起向石岸边慢慢走去。阿敏仍是惴惴不安，神色慌张地向后观望。新藏故意用挖苦的腔调说："你怎么啦？好像有人跟踪似的。"阿敏一下子面红耳赤，仍旧不安地说："哎呀！你特意来看我，我还没感谢你呢——谢谢你来！"这样一来，新藏也忐忑不安起来。他仔细询问原委，直到岸边，阿敏只是苦笑着答道："要是被人看到就糟了。不光是我，连你也会倒大霉的。"她也只应答了这两句。

不一会儿，两人来到约好的石岸边。阿敏看了一眼蹲在暗处的石狮，紧张的心情终于释然。从石狮前走下河边，那里横躺着好多从船上卸下来的根府川石料。到了这里，阿敏终于停下脚步。新藏则战战兢兢地跟着来到石岸边。幸好这里被石狮子挡着，街上的人不会看到。新藏一屁股坐在晚露打湿的石料上，催阿敏回答刚才的问题："说与我性命攸关，说我要倒大霉，到底是怎么回事？"阿敏望了一会儿漫浸石墙的暗青色河水，口中念念有词地祈祷了几句，然后她回头看着新藏，莞尔一笑轻松地说："到这里就不要紧了。"新藏像被狐狸蛊惑，一言不发地盯着阿敏。随后，阿敏坐在新藏身旁，断断续续地悄声述说起来。看起来，两人的确遭遇了凶恶的敌手，若是时间地点选择不当，即刻便有杀身之祸。

人们都以为阿岛婆是阿敏的母亲，其实她是阿敏的姨妈，父母生前从不与她交往。继承祖业当了神社木匠的阿敏父亲说："那个阿婆可不是凡人。不信你看看她的肋骨，长着鱼鳞呢！"在街上碰到阿岛婆时，他要么赶紧用火镰打火驱魔，要么撒盐避邪。可是父亲去世不久，阿敏的儿时伙伴、母亲的外甥女——一个病魔缠身的孤女成了阿岛婆的养女。于是阿敏家和阿岛婆家也就成了亲戚，相互往来了。但是只有一两年的光景，阿敏的母亲也撒手人寰。阿敏没有舅舅，所以不过百日，就到日本桥的新藏家去做帮工，也与阿岛婆断了交往。阿敏怎么又到了阿岛婆家呢？容后细表。

说起阿岛婆的身世，过世的父亲或许知道一些。阿敏却一无所知，只听母亲她们说过，阿岛婆从前是个招魂巫婆。阿敏认识阿岛婆时，她已在凭借婆娑罗大神的魔力跳神和算命。那婆娑罗大神也和阿岛婆一样来历不明，有人说是天狗所变，有人则说是由狐狸变来，不一而足。阿敏的守护神隶属天满神宫，对于她来说，神宫的神官之类肯定是龙宫里的人物。

或许出于这个原因，每天夜里钟报二时之后，阿岛婆就爬下后院竖川里的梯子。她将腰身和脑袋全都泡在河中，一泡就是小半个时辰。若在阳春三月的现在倒也罢了，然而在雨雪纷纷扬扬的寒冬腊月，她也只裹着一层浴衣，人面水獭般扑通地扎入河水。阿敏有时放心不下，一手提灯，一手推开套窗悄悄向河面望去。只见对岸的一溜儿仓库房顶残留着皑皑白雪，更映出阿岛婆那漂在黢黑水面的浮巢般的长发。既然付出如此代价，阿岛婆跳神算命便很灵验。但表面看似为民排忧解难，其实暗中给阿岛婆使黑钱，咒死父母、丈夫、兄弟姐妹者也大有人在。前不久从这石岸边投河自尽的青年，听说也是阿岛婆不费吹灰之力给咒死的——是受了某米店老板之托，因为该老板也看中了柳桥的一名艺伎。但是，不知因何隐秘缘由，在阿岛婆咒死过人的现场，咒语便不会再次灵验。不仅如此，现场发生的一切皆可瞒过阿岛婆的千里眼，所以阿敏特意邀约新藏到此会面。

阿岛婆极欲拆散阿敏和新藏，其实另有一层背景。今年春天，有个证券商来找阿岛婆掐算财运，看上了貌美温顺的阿敏。他斥巨资诱阿岛婆就范，要娶阿敏为妾。但若仅此而已，花些金钱即可办妥。可这时偏偏出了怪事：若离开阿敏，阿岛婆便不会跳神也不会算命。阿岛婆一旦开始跳神，得先请婆娑罗大神降临在阿敏身上，然后再从神灵附体的阿敏口中逐一请示神旨。说来神灵应该附在阿岛婆身上才对，不过一旦进入那种亦真亦幻的恍惚境中，即便此刻通晓了仙界消息，阿岛婆清醒之后也会忘得一干二净。无奈，只好请神灵附在阿敏身上，借以聆听旨意。因了这层原因，阿岛婆就更不能让阿敏离开。可那证券商趁机却又暗自盘算：只要娶了阿敏为妾，阿岛婆定会跟来，让她掐算股市行情，搞好了可以富甲天下，财色双收。

从阿敏自身来看，虽然身处非真非幻之中，但阿岛婆的为非作歹却都是按自己的命令行事。因此，抛开心无良知者不提，善良的阿敏必定会为自己被作为害人工具而感到莫名的恐惧。如此说来，那位养女在阿岛婆家同样沦为害人工具。

那姑娘本来就是病弱之身，越折腾病情越重，终因自责于罪恶感，趁阿婆熟睡之际自缢身亡。阿敏请假离开新藏家，正是那位养女自尽后不久。可怜的姑娘给幼时伙伴阿敏留下了遗书，却正中阿婆下怀。她想让阿敏接班，凑巧借此机会诱使阿敏请假过来，还放言说杀了自己也不会放阿敏回去。阿敏与新藏约好见面的那晚本也打算乘机逃回，可对方也在小心戒备。阿敏每每向格子门观望时，总会看到一条巨蟒盘起小山在把守。她到底没能鼓起勇气迈出一步。其后阿敏仍多次谋划瞅空逃脱，可就是难以如愿，她自己也百思不解，于是只好无奈认命，虽违心也只能就范。

当不久前新藏来访之后，阿岛婆就看穿了两人的关系。平日就残忍无道的阿岛婆，此时已不仅限于恶语相加。她时常殴打、拧掐阿敏。等到夜深人静，还使怪招将阿敏的双臂吊起，或让大蛇缠绕在阿敏颈间，用令人发指的手段百般折磨。更令阿敏心痛的是，在责打的间隙，阿岛婆还狞笑着恫吓说，倘若仍不死心就叫新藏折寿短命，决不把阿敏拱手交出。如此一来，阿敏更是一筹莫展。事到如今，她万念俱灰，只好认命。万一给新藏带来无法挽回的厄运，那才是最可怕的结局。她终于下定决心，将一切都告诉了这位青年。

新藏听完前后经过，感到阿岛婆手段何等了得，且更令人鄙夷、厌恶。阿敏在去阿泰家之前曾踟蹰彷徨，进退两难。讲完了如此这般，她又抬起一如往日的苍白脸庞，盯着新藏的眼睛，说："阿敏如此苦命之身，无论怎样痛苦、哀伤，都只能痛断情思。就像过去一样，只当我们素不相识吧！"说完阿敏已无法忍耐，依偎在新藏的膝前，咬着袖口哭了出来。惊慌失措的新藏只能抚摩着阿敏的后背，呵斥一番又鼓励一番。然而欲与阿岛婆对抗，则不得不遗憾地说，他俩的恋情想要如愿以偿，是毫无胜算可言的。不过新藏为了阿敏，决不会向阿岛婆示弱。他强打精神说道："没事儿，不用怕，过不多久就会见分晓。"虽然这是一时应景的安慰，阿敏终究止住了泪水。她离开新藏时，仍然哽咽着说："时间充裕或许还能设法挽救，可阿婆说后天又要请神了。到那时，万一我说话走了嘴……"她还是一副束手无策的愁容。

见此情景，好不容易打起精神的新藏又不禁泄了气。后天请神！那么两天之内就必须想出对策，否则不光是自己，连阿敏也将坠入无法自救的不幸深渊。仅仅两天，用什么办法能够制服那个怪老婆子呢？就算是向警察举报，法律也无法适用于幽冥界发生的犯罪，再说，社会舆论也只会把阿岛婆的罪恶行径当作可笑的迷信而置之不理。想到此处，新藏又着胳膊茫然呆坐，事到如今已无法可想。痛苦的沉默之后，阿敏抬起泪眼，仰望着闪烁微弱星光的夜空喃喃自语："倒不如干脆死了的好。"随即像惊弓之鸟一般提心吊胆地环视周围，又说，"耽搁太晚，阿婆又要训斥我。我得回去了。"阿敏已是疲惫不堪。

哦，算起来到这儿已经半个小时了。夜色伴着涨潮的腥风笼罩了他俩，对岸的柴堆、下面泊靠的乌篷船也已隐入苍茫之中。只有竖川河面微光粼粼，仿若大鱼翻起了白肚皮。新藏搂着阿敏的肩膀，轻柔地吻了她，说："不管怎样，明天傍晚还到这儿。我要尽快想出办法来。"他拼命地给自己壮胆打气。阿敏用湿巾轻轻拭去腮边泪痕，悲伤无助地默默点头，然后垂头丧气地从石头上站起身，与同样无精打采的新藏一起经过石狮子前，来到了寂寥的大街上。阿敏猛然又涌出了泪水，痛苦地低下头，星光之下，颈间发际仍是那样姣美。"唉！我真不如死了的好。"她又一次喃喃细语。就在此时，刚才蝴蝶消失的电杆下突然显现出一只巨大的人眼。没有睫毛，蒙着淡青色薄膜；瞳仁混浊，似曾见过。那只人眼大逾三尺，先是水泡一般突然鼓出，随后离开地面少许飘起，接着呆滞片刻。旋即，那混沌灰黑的眼瞳也斜到一边。不可思议的是，这只巨眼融混于街面流动的夜幕之中，虽然神色模糊不清，却难掩无以言喻的祸心。

新藏下意识地握紧双拳呵护阿敏，且拼命要看清那个幻影。说实在的，当时他浑身的毛孔都像是吹进了阴风，从头顶到脊梁到脚底全都凉透，几乎要窒息。他想呼喊，舌头却动弹不得。那只巨眼也在拼命显示憎恶之意，反目直瞪新藏。幸而对峙之间巨眼变得模糊起来，最终当贝壳般的眼皮脱落之后，就只剩下电杆，没有了任何怪物的踪迹。只是，那蝴蝶似的怪物翩翩飞起，用某种眼光看去恰似贴着地面飞行的蝙蝠。其后，新藏和阿敏像噩梦初醒般惊恐失色，他们相视片刻，读出对方目光中惊恐、决心赴死的含义，手也不自觉地紧紧相握，浑身颤抖不已。

又过了半个小时，新藏仍旧神色惶恐地坐在通风良好的里间客厅，向店主阿泰小声地叙述了当晚光怪陆离的奇遇。两只黑羽蝶和阿岛婆的秘密，对现代青年来说皆属荒诞无稽之谈。阿泰曾经领教过老婆子的怪异咒力，也就没有表示怀疑。他先端上一碟冰激凌，然后屏息专注地倾听。"当那只巨眼消失之后，阿敏脸色煞白地说：'这可怎么办？阿婆已经知道我在这里跟你见面了。'可我逞强地说：'事到如今，咱们和那老婆子之间的斗争就算开始了，管她知道不知道。'麻烦的是，我与阿敏已约好明天还在石岸边见面。今晚会面已经暴露，恐怕明天老婆子再不会放阿敏出来。就算能把阿敏从老婆子魔爪下救出，终究也得看今明两天之内能否想出好办法。如果明晚见不到阿敏，所有的计划就全部泡汤。我看，现在神仙佛祖都见死不救了。我和阿敏分手后往这儿走时，就觉得脚不沾地，飘飘忽忽的。"新藏说完整个经过，恍然想起似的扇着扇子，满怀忧虑地望着阿泰。

意外的是，阿泰却不慌不忙。他先自望了一会儿檐头吊着的被风吹得打转的葱草，再扭头看看新藏，又皱皱眉，似乎蛮有信心地说："也就是说，你想达到目的必须渡过三道难关，第一，你必须从阿岛婆手中毫发无损地夺回阿敏；第二，此事必须在后天之前完成；为了配合行动，你必须在后天之前见阿敏一面 —— 这是第三道难关。这第一、二道难关，在破了第三道难关之后，即可迎刃而解。"新藏还是垂头丧气的样子，怀疑地问道："为什么？"于是，阿泰露出令人恼火的镇定自若说："没有为什么。如果你见不到的话……"他突然环视一下周围才说，"这个嘛，要保密到最后关头。听你刚才说的，那老婆子好像已在你身边布下天罗地网，所以千万别走漏了风声。其实，第一关和第二关也并非牢不可破。好了好了，一切包在我身上啦！不说这些了。今晚喝足啤酒，好好壮壮胆。"最后，他貌似轻松地敷衍一笑。

新藏对此当然又急又气，可喝下啤酒之后却又觉得阿泰言之有理。当他俩谈论毫无兴致的市井见闻时，阿泰忽然发现桌上鲑鱼碟旁的酒杯中，泡沫已然消失的啤酒仍旧满盈盈的，一口都没动。于是他握着滴水的啤酒瓶催促新藏："来，痛痛快快地干一杯嘛！"新藏也没多想，端起酒杯要一气喝干，却见杯口直径二寸左右的表面映出顶棚的电灯和身后的苇帘窗。刹那间，又出现一副颇不顺眼的面孔。不，准确地说只是不顺眼，是否堪称面孔尚未可知。让我说，似鸟又似兽，或说它像蛇、像青蛙也挨得上。与其说是面孔，莫若说是面孔的一部分。特别是从眼睛到鼻子那块儿，正越过新藏肩头偷偷朝杯中窥探。那面孔遮挡了灯光，将暗影清晰地投入杯中。

说时迟那时快，前文也曾提到，刹那之间，一只说不清道不明的怪眼在酒杯中与新藏对视瞬间，随即消失得无影无踪。新藏将端到嘴边的酒杯放下，骨碌着眼珠四处乱找。可电灯依然明亮，檐草依然旋转。这阴凉怡人的里屋，找不出丝毫暗藏妖气之物。阿泰问道："你怎么啦？杯子里飞进虫子了？"新藏无可奈何地抹了把额头冷汗，难为情地答道："没有。我看到杯口映出一张怪面孔。"听到此话，阿泰像回声反射般重复道："映出一张怪面孔？"随后也瞅瞅杯中。不消说，杯中除了阿泰的面孔别无他物。"你神经过敏了吧？难道那个老婆子会把手伸到我这儿？""可不是嘛！你自己也说过，我身边已被老婆子撒下的天罗地网罩得严严实实。""很有可能。总不会是那老婆子伸出舌头喝了一口酒吧？那就干杯吧！"阿泰千方百计要将情绪低落的新藏鼓动起来，而新藏却越发垂头丧气，终于连那杯啤酒都没喝完，就准备打道回府。阿泰迫不得已，只能热心地为新藏再三鼓劲，而且说坐电车不放心，还给新藏叫了人力车。

当晚新藏睡觉时净做怪梦，几次猛然惊醒。可尽管如此，天一亮，他还是赶紧打了电话，要为昨晚的事儿道谢。接电话的是管家，说："老爷一大早就出门，不知上哪儿去了。"新藏猜想阿泰去了阿岛婆家，可又不能挑明了问。再说即使问了，又有谁知道这档子事呢？于是叮咛管家，阿泰一回来就通知自己，然后放下了电话。时近正午，却是阿泰打来电话。不出所料，他真的去了阿岛婆家，说是请阿岛婆去看房产。"幸亏见到了阿敏，好歹算是把我的计划信塞给了她，明天才能回话。此事非同寻常，阿敏也会积极配合的。"

听到阿泰这些话，新藏就觉得百事皆顺，于是越发想知道阿泰的计划："你到底打算怎么办？"阿泰又露出昨晚打电话时的嬉笑貌，说："好啦，再等两三天吧！对手可是那个老婆子，连打电话都不能掉以轻心。总之，有机会我给你打电话，再见。"

挂上电话，新藏一如往常坐在账台木格墙后。可是，想到自己和阿敏的命运就要在这两天之内决定，也不知心中是担忧害怕，还是焦躁兴奋，更兼有几分期待之情。他连账本和算盘都不想碰了，于是借口高烧未退，午后就到二楼起居室睡觉。然而即便在此时，他也总感到有人在盯着自己的一举一动，执拗地纠缠在周围。其实，下午三点左右，二楼木梯口的确像是有什么人，蹲在那里透过苇帘朝自己这边张望。新藏立即起身出去察看，只见擦得锃亮的走廊地板朦胧地映出窗外的天空，却连个人影都没有。

如此这般地到了第二天，新藏越发坐卧不宁，只盼阿泰快来电话。好不容易挨到昨天的同一时刻，他终于如约被叫到电话机前。阿泰的声音比昨天更加精神："真不容易呀！我说啊，阿敏回话了，一切照我的计划实行。什么？怎么得到回话的？再找点儿闲事，本人亲自出马去那个老婆子家呗！昨天送信时说好的，所以阿敏出来迎客时，顺手就把回信塞给我了。蛮可爱地用假名写着'阿敏遵命'。"阿泰扬扬得意地回答。

可今天的事却更加奇怪，阿泰说到一半时，电话中夹杂了另外一人的声音，说什么内容一点儿也听不真切，总之与阿泰响亮的嗓音正相反，瓮声瓮气，有气无力，上气不接下气。那种嗓音夹在阿泰话语间歇中，就像阴阳两界的声音一起传了过来。新藏最初以为电话串线了并没在意，只顾催问其后的情况，他太想知道令他朝思暮想的阿敏处境如何。

然而不久，阿泰也听到了那种怪声，问道："怎么这么吵？是你那边吗？"新藏答道："不，不是这边。可能是串线了。""那就挂上重拨。"尽管他两次三番地埋怨接线员，执着地重拨电话，可那蛤蟆哼哼般的嘟囔声仍然不绝于耳。阿泰最后也泄了气："真没辙！可能是哪里出了故障。不过，话归正题。我觉得既然阿敏已经答应，计划就定能实现。你就静候佳音吧！"回到刚才的话题，新藏又惦记着阿泰的计划，于是又像昨天那样问道："到底打算怎么做？"对方还是卖关子，半开玩笑地说："再忍耐一天。明天这个时辰之前，你一定能得到回话。好了，别那么着急上火，权当上了大船，就等靠岸吧！不是说'有福之人不用忙'吗？"

话音未落，耳边突然响起另外一个含混的声音说："别瞎折腾了！"这回可是明显的嘲笑。阿泰和新藏不禁同时问道："怎么搞的？哪儿来的怪声？"可听筒中却杳无声响，就连瓮声瓮气的哼哼声也丝毫听不到了。"这可不行。刚才的声音，我说啊，是那老婆子的。弄不好，费尽心机做的计划也要……好吧，一切都看明天了。那我就挂了。"阿泰边说边挂电话，语气中显然包含了几分狼狈。

实际上，阿岛婆既然注意到了他俩的电话，那么阿泰和阿敏交接密信也无疑受到了监视。阿泰心慌意乱也属自然。更何况在新藏看来，尽管不知计划的内容，但若被那老婆子乘虚而入，岂非万事皆休？所以，新藏离开电话后，就像丢了魂儿似的昏昏然上了二楼，在起居室遥望窗外的蓝天直至傍晚。也许是错觉，那空中又不时出现几十只疹人的蝴蝶，它们成群结队地飞舞着，交织成气氛不祥的泡泡纱纹样。新藏身心疲惫，对那怪异景象已经麻木不仁。

当晚新藏仍然噩梦不断，根本没睡安稳，不过天亮时分又恢复了几分心力。吃过味同嚼蜡的早饭，他就赶紧给阿泰打了电话。"这么早？太荒唐了！我不喜欢早起，这会儿打来电话简直是害我嘛！"阿泰用慵懒的嗓音抱怨。新藏却不搭这茬儿，不依不饶地说："昨天打完电话，我就不能在家里傻等下去了。我这就去你那儿，要去。只在电话上听你说，我放心不下。等着，我马上就去。"阿泰听他情绪激动，也别无他法："那就来吧！我等你。"听到阿泰痛快应允，新藏挂上电话，只板着脸看一下面带忧虑的母亲，也不说去哪儿便一步蹿出门外。

出得门来，却见天空阴云密布，而东边云缝

间却散逸着紫铜色的光芒，天气格外闷热。新藏当然顾不上多想，立刻跳上电车，幸好乘客不多，他便坐在了中间。此时，似已消除的疲惫不怀好意地卷土重来，新藏便又萎靡不振，他甚至感到头部剧烈疼痛，仿佛硬茬儿草帽在渐渐箍紧。

他想排遣一下，转移注意力，便将一直盯着木屐尖的视线转向周围。他发现此节车厢也有怪异之处——本来车顶两侧整齐排列的吊环随电车晃动像钟摆一样悠荡，可面前那只却始终不动。最初他也觉得奇怪，只是没往心里去，但没一会儿，一种被人盯梢的不愉快感便越发强烈。他觉得坐在这只吊环下面不妥，便特意到了对角的空座。换位坐下猛一抬头，只见刚才摆动的吊环突然都像固定了一般静止不动，而那只不动的吊环却像喜获自由般地悠然摇摆起来。尽管怪事已屡见不鲜，但新藏此时仍感到了恐惧，他甚至忘却了头痛，求援般地环视周围的乘客。

斜对面坐着一位不明来路的闲散老太。她的视线越过黑罗披风的领口，透过金边眼镜反扫了新藏一眼。当然，她肯定与那个跳神阿婆无关。但新藏在感受到那视线的同时却立刻想到了阿岛婆青肿的脸。他已不堪忍受，猛地将车票塞给乘务员便噌地跳下电车，比那没掏着包就露了马脚的扒手还要神速。可电车毕竟仍在飞驰，新藏脚一沾地草帽就飞了，木屐的襻儿也断了，而且摔了个大马趴，膝盖也蹭掉了皮，磕得不轻。岂止如此，要不是爬起来得快，恐怕就要置身于卷起尘土的大货车轮下。新藏满身泥土，又被迎头喷了一股尾气。他望着疾驰而过的大货车黄漆后门上的蝶形商标，又在为自己身怀绝技、大难不死而庆幸。

事发地点在鞍挂桥站前四五百米处。此时碰巧过来一辆人力车，新藏打算先上车再说。他惊魂未定，急催车夫快去东两国。一路上他余悸难平，膝伤锐痛。再加上刚才那通折腾，他又产生了不祥的预感，担心这人力车不定何时也会翻掉，简直绝了他的活路。特别是车到两国桥时，只见国技馆上空乌云密布，层层叠叠地镶着银边。宽阔的大川河面，形如蝴蝶翅膀的船帆聚拢一处。新藏悲壮地感到自己即将与阿敏生离死别，不禁热泪盈眶。车过大桥后，他终于在阿泰家门口落下车把时——悲乎？喜乎？他自己也浑然难辨，真是百感交集。他迅速向诧异的车夫手中塞了超额的车钱，仓皇地挑帘进店。

阿泰一见新藏，呵护着将他让进了里面客厅。转眼看到他手掌、膝头的擦伤和撕破的单裆，惊讶地问道："怎么搞的，弄成这副样子？""我从电车上掉下来了，在鞍挂桥跳车没跳利索。""你又不是山里人没坐过车，再笨也不能笨到这个份儿上。你干吗要在那儿跳车？"于是，新藏把电车中的遭遇一五一十地说给阿泰。认真听完前因后果，阿泰不知不觉皱紧眉头，喃喃自语道："看来情况不妙啊！恐怕是阿敏坏了事。"新藏听到阿敏的名字，突然一阵心惊肉跳，逼问似的说："坏了事？你到底要叫阿敏做什么？"可阿泰却避而不答，困惑地叹口气说："当然，发展到如此地步，也许是我难脱罪责。我要是不在电话中说出给阿敏送信的事，那老婆子也不会察觉到我的计划。"新藏越发着急，颤抖着嗓音一个劲儿地埋怨："都到这份儿上了，你还不告诉我是什么计划。你也太残酷了吧？为此我已吃尽了苦头。"阿泰摆手劝阻道："好了，那也是在所难免。我非常清楚。但既然敌手是那个老妖婆，你就要体谅我此举实属迫不得已。其实就像刚才所说，我要是不告诉你我与阿敏通过信，也许一切都会顺利。不管怎么说，你的一言一行都在阿岛婆监视之下。不，没准儿那次电话以后，我也被那老婆子盯上了。不过到现在为止，我还没碰上你那样的怪事。我的计划是否真的败露尚未可知。不到水落石出，你再怎么恨我，我也都得忍着。"

阿泰循循善诱地解释，好言安慰。可新藏听了，即使同意阿泰的看法，却不曾打消对阿敏安危的挂念。他眉间仍然存留着恼怒的神情。"就算你说的对吧，可阿敏她没伤着吗？"他单刀直入地追问阿泰。阿泰仍露出忧心忡忡的眼神，只说了一声："不清楚啊！"随即陷入了沉思。不一会儿，他瞟了一眼里屋的挂钟，狠下心似的说："我也担心得要死。那就先别去老婆子家，只去附近察看一下吧！"新藏也是坐卧不宁，自然不会拒绝。两人一拍即合，没过五分钟，穿着单褂就并肩出了门。

可离开阿泰家还没走出五十米远，后边就呱嗒呱嗒地追来了一个人。他俩回头一看，不是什么怪物，却是阿泰店里的小伙计，扛着一把蛇眼伞来追主人。"送伞来啦？""是。管家说像要下雨，请您带上伞。""既然如此，为什么不给客人也送一把？"阿泰苦笑着接过那把蛇眼伞。小伙计大大咧咧地挠了挠头，又浑身不自在地鞠了个躬，便撒欢儿似的往回跑了。说要下雨还真准，满天彤云已经黑压压地弥漫开来，云缝中漏泄的亮光仿佛打磨发亮的钢柱，透着几分可怕的阴森。新藏同阿泰边走边凝望着此般天色，又被一种不祥的预感所笼罩，自然也就话少，只顾加快脚步。阿泰总是落在后面，不得不小跑几步跟上，慌里慌张地擦着汗水。之后他便放弃紧随不舍，就让新藏领先几步，自己则提着蛇眼伞，同情地望着伙伴的背影，悠然自得地跟在后边。

当两人在头道桥畔向左拐，来到阿敏与新藏黄昏时看到虚幻巨眼的石岸边时，后边过来一辆人力车掠过阿泰身边扬长而去。阿泰抬眼一看车上的乘客，立刻皱着眉头，尖声呼叫新藏停步。新藏只好站住，不情愿地回身看看对方，不耐烦地说："什么事？"阿泰急急追来，没头没脑地问："你看到刚才坐在车里的人了吗？""看到啦！一个戴黑眼镜的瘦男人嘛！"新藏狐疑地说完，抬腿又要走，阿泰更无顾忌，用比刚才还庄重的语气说出了意外的情况："你听着，那是我们家的大主顾，叫键惣，是个投机商。我想，没准儿就是他要纳阿敏做妾。你说呢？啊，倒也没有什么根据，只是直觉而已。"新藏还是闷闷不乐地甩出一句："咋能只凭直觉而已呢？"他连那块"桃叶汤"的招牌都不看就向前走去。阿泰用蛇眼伞指着前进的方向说："未必只凭直觉而已。你瞧！那辆车不是停在阿岛婆家的门口了吗？"说完，阿泰得意地回头望着新藏。

抬眼看去，真的是刚才那辆车。干旱渴雨的垂柳绿荫下，背印金徽的车夫坐在踏板前，正优哉游哉地歇脚。看到此情此景，新藏阴沉的表情才微微活泛起来，却仍然没有彻底改变最初的郁闷。他烦躁地说："可是你想，来找那老婆子算命的投机商，恐怕不只是键惣一人吧？"说着话，两人已经来到与阿岛婆家相邻的泥瓦匠铺前。

阿泰不再争辩，一边谨慎地察看周围动静，一边保护新藏似的肩并肩慢慢走过阿岛婆家的门口。两人边走边用眼角余光注视着房里的动静，与往常不同的，只是多了那辆车子。和刚才相比，那车已近在咫尺。刚好在泥瓦匠铺的下水道前，粗粗地碾出两道辙印。车夫耳后夹着金蝙蝠烟头，煞有介事地看着报纸。但是除此之外，那竹格窗、黑黢黢的木格门，乃至苇帘未换的木格门里老旧隔扇的颜色，所有一切都毫无变化。不仅如此，看上去屋内也是一如既往，仍旧阴森静谧。别说侥幸能够看到阿敏的身影，就连那温婉可爱的蓝地白花小褂的袖口都不曾闪现。所以两人经过阿岛婆家门口走到相邻的杂货店时，尽管紧张感有所缓解，热切的期盼彻底落空却使他俩倍觉沮丧。

来到杂货店前，只见上方吊着一溜写有蚊香字样的大红灯笼。店前摆着浅草纸、椭圆棕刷、洗头粉等一应杂货。摊前站着一个人，正与杂货店老板娘说话。那不就是阿敏吗？没错！他俩不禁面面相觑。刻不容缓，两人撩着单褂下摆，大模大样地鱼贯而入。有所觉察的阿敏回头瞅着他俩，苍白的腮边眼看着泛起隐约的红晕，可是当着杂货店老板娘的面，她不能不有所掩饰。弯垂于店前的柳条仍然披在肩头，勉强地按捺着激动的心情，阿敏只轻轻"哎呀"地惊呼一声。此时，阿泰镇定从容地抬手略触帽边，不动声色地搭话问道："你母亲在家吗？""是的，在家。""那，你在做什么？""客人要用白纸，我来买……"阿敏话未说完，垂柳遮蔽下的店前忽地昏暗下来，霎时有一道雨丝闪着白光斜刺里掠过大红灯笼，顷刻间响起隆隆雷声，震得柳叶瑟瑟发抖。阿泰踏着雷声迈出店外一步："那就给你母亲捎个话，说我又有事想求她掐算掐算。刚才我在门口喊了好几次，没有人应声。原来重要人物在这儿偷懒闲聊哪！"边说边左右顾盼阿敏和老板娘，潇洒快活地笑了起来。

一无所知的老板娘当然没有看破阿泰的高超演技，还急忙催促说："阿敏，那你快去吧！"然后就去收回大红灯笼，以免雨大了淋坏。于是阿敏打个招呼："大妈，回见了！"便夹在阿泰和新藏中间出了杂货店。三人当然没在阿岛婆家门口停步，而是用蛇眼伞挡着"啪啦啪啦"砸来的大雨点，朝头道桥方向奔去。其实在这短短几分钟内，不用说两位当事人，就连平日生龙活虎的阿泰，都觉得命运赌局到了一决胜负的关头。三人不约而同地低头走到石岸边，仿佛连瞬间浇下的倾盆大雨都浑然不觉。他们默不作声地继续前行。

不久便来到花岗岩狮子对面，阿泰终于抬头

回身看着两人，说道："这里就算最安全了。到里面躲躲雨，顺便歇口气儿吧！"于是，三人凑在一把雨伞下面，穿过垒起的石料堆间隙，来到岸边一间石工干活儿的席棚下。

此时雨越下越猛，隔着竖川遥望对岸已是白茫茫一片，席棚也无法挡雨。不仅如此，浓雾般的雨沫与潮湿的土腥味一起扑进席棚，三人即使躲在席棚里，也还得靠一把蛇眼伞挡雨。他们在雕琢门柱的花岗岩石料上紧挨着坐了下来。新藏立即开口："阿敏，我以为再也见不到你了！"

说话之间，又一道青白色电光斜劈雨帘，紧接着一声撕裂密云般的炸雷。阿敏不禁将梳起银杏叶髻的头伏在膝上，一时间不敢动身。过后，她抬起失了血色的脸庞，恍惚的眼神茫然望着棚外的雨帘，用平静得可怕的口气说："我也已经横下心了！"听到此话的瞬间，"殉情"这个不祥的字眼犹如白磷涂写一般，刻印在新藏的脑海中。坐在两人中间使劲撑开蛇眼伞的阿泰向两边投去困惑的目光，语气却是强打精神："喂！你可不能认输啊！阿敏也要鼓起勇气。紧要关头，催命鬼要来敲门的……这个暂且不说，刚才的客人就是那个叫键惣的投机商吧？是啊，我也略知一二。想纳你为妾的，就是他吧？"他直截了当地切入实质性问题。此时阿敏也像梦中猛醒，明澈的双眸盯着阿泰懊恼地答道："是的，就是那个人。""你瞧！让我猜中了不是？"说着，阿泰不无得意地回头看看新藏，随即恢复了认真的语调，怜恤地对阿敏说："雨下得这么大，键惣怎么也得在你家等上二三十分钟。借这个机会，你先说说我的计划进行得如何？万一计划落空，男子汉理当赴汤蹈火。我这就到你家去，直接向键惣摊牌。"阿泰斩钉截铁的话语，让新藏也深受鼓舞。

此时，雷声越发激烈，天色未黑，但耀眼的闪电激越着毫无停歇的瀑布般的暴雨。阿敏想必已经忘记悲伤，做好了以死相拼的准备，凄美的面庞更带上了几分冷峻。她颤抖着永不变色的美丽双唇说："计划全都败露了……一切全完了！"她的声音那么细弱却十分清亮。然后，阿敏在这雷雨交加中的席棚下，万般窝心地急促喘息着，断断续续讲述了两日内发生的一切。听罢阿敏的叙述两人得知，对新藏都保密的计划早在昨晚就发生剧变，彻底败露了。

阿泰最初听新藏说，阿岛婆请神附在阿敏身上借以得到神谕，当时心中顿生一计：让阿敏做出神灵附体的架势，好好收拾那老婆子，岂不直截了当。于是如前所述，在请阿岛婆看风水时到她家去，悄悄地将计划塞给了阿敏。

阿敏虽然感到此项计划如履薄冰，但事到如今也想不出别的消灾妙计，于是翌晨痛下决心，递给阿泰"阿敏遵命"的回信。然而到了当晚十二点，在老婆子去竖川泡澡后又要祈求婆娑罗神显灵时，方知那完全不是人力所能规避的孽障。要想说明个中详情，还须解释老婆子的神通所在。此乃当今世人无法想象的道法。阿岛婆请神时，粗暴地命令阿敏只裹一层浴巾，并将其双手反剪吊起，扯乱头发熄灭电灯，在屋中央面北跪下。然后自己也是赤身裸体，左手点燃蜡烛右手拿起镜子，站在阿敏面前口念咒语，并反复把镜子戳向对方，全神贯注地祈祷……不用说，只是这一折腾就足以令一般女子昏厥。此后念咒声一浪高过一浪，那老婆子竖起镜子一分一寸地逼近，最后将双手反绑的阿敏逼得向后仰倒，仍然不肯罢手。将阿敏逼倒之后，老婆子便像啃噬尸肉的爬虫一般伏在阿敏的胸部，令阿敏长时间正面仰视烛光映照的、令人毛骨悚然的镜面。不一会儿，那个婆娑罗神就像古潭底升起的瘴气一般悄然潜入黑暗，偷偷地附在女子身上。阿敏渐渐变得目光呆滞、手脚抽搐，在老婆子连珠炮般的逼问下，上气不接下气地说出了秘密。

那晚，阿岛婆仍用这套手段乞求大神降临。阿敏则遵守与阿泰的约定，表面做出失神状，而内心却不敢松懈。她打算瞅准机会，即煞有介事地假传神谕，叫老婆子不要妨碍他俩的恋情。当然，她当时是拿定了主意，对老婆子的刨根问底佯装无法抗神，不作半句应答。尽管烛光如豆，但凝视炯炯闪烁的镜面时仍旧难以自持。心神渐渐变得恍惚虚幻，甚至不自觉地忘乎所以。而老婆子念咒之声却毫无间歇，且目不转睛地监视阿敏的表情，使她无法抽空将视线从镜面移开。于是，镜面吸定了阿敏的视线，放射出更加怪异的光芒，一寸一分地咄咄逼近，令人感到厄运的降临。

青肿脸老婆子那瞬息不止的咒语，亦如无形蛛网从四面八方束缚了阿敏的心，将她拖入非梦非醒的境地。不知过了多久，阿敏连其间情形的朦胧记忆都没留下。仿佛过了整整一夜，阿敏的苦心终无结果，最后还是落入老婆子的圈套。幽暗烛光闪烁之中，大大小小形形色色的黑蝴蝶勾勒出无数圆圈，忽地飞上了天空。眼前的镜子消隐不见。阿敏仍如往常，死人般沉沉睡去。

雷鸣暴雨声中，阿敏的双眸、双唇都在竭尽全力地控诉阿婆肆虐的经过。一直凝神倾听的阿泰和新藏，不约而同地长叹一声又面面相觑。尽管事先已有精神准备，但他细听过之后才真切地意识到，如意算盘已是竹篮打水。绝望之感重重袭来，两人哑巴似的噤口不语，怅然若失，自顾自聆听天崩地陷般的雷雨轰鸣。不过阿泰很快便又振作起来，面对由极度兴奋转为抑郁消沉的阿敏鼓励地问道："当时的经过都不记得了吗？"阿敏垂下眼帘答道："是啊，都不记得了。"随即抬起哀诉般的双眸忐忑不安地看着阿泰，心有怨恨地补充说，"好不容易醒过来，天已大亮。"阿敏猛然以袖掩面，泣不成声。

此刻，棚外空中豁出一道云缝，隆隆雷声响彻穹宇，炸雷似乎随时都会落地。刺眼的电光频频闪耀，将席棚内映得雪亮。此时，一直呆坐身旁的新藏不知何故猛然起身。他一副骇人的凶相，挺身要向风雨雷电里冲去，手中还提着一根石匠忘下的钢钎。阿泰见此状迅速甩掉蛇眼伞，冲上去从背后搂住双肩将其摁住。"咳！你疯了？"阿泰忍不住呵斥着，要把新藏拽回来。新藏此刻判若两人，拼命地尖声嘶叫："放开我！此时不是我死，就是我杀了那个老婆子！""别干傻事！今天键惣不是也来了吗？就让我去……""键惣是个什么东西？！想纳阿敏做妾的家伙，会听你的话吗？少啰唆！快放开我！看在朋友的份儿上放开我！""你不管阿敏啦！你这样寻死觅活的，她怎么办？"两人争执不休时，新藏感到阿泰友善地搂在颈肩的手臂在颤抖，且十分有力。他又看到，阿敏满含泪水的双眸极度悲凉地注视着自己。最后，在滂沱暴雨的轰鸣声中，一句微弱得几乎听不见的话语传入耳中："就让我俩一起死吧！"顷刻间附近落下一声炸雷，如同划破长空的霹雳，眼前炸开紫色的火花。被恋人和挚友搂抱着的新藏昏然失神。

几天过后，新藏终于从噩梦般的昏睡中醒来，发现自己静静地躺在日本桥家中的二楼上。额头镇着冰袋，枕边摆着药瓶、体温表，还有一盆小小牵牛花，开着温馨可爱的深蓝花朵。想必还是大清早。暴雨、雷鸣、阿岛婆、阿敏……他在追寻依稀朦胧的记忆。接着一转眼，他意外地看到了苇帘门旁坐着的阿敏。银杏叶髻蓬乱着，腮边仍是那样苍白，一副忧心忡忡的模样。不，她并非只是自顾自坐在那里，看到新藏醒来，登时腮染胭霞，腼腆地招呼道："少东家，您醒过来了？""阿敏？"新藏怀疑自己仍在梦中，口中念叨着恋人的名字。此时，枕边又响起一个声音："好啊！这下可以放心啦！哦，别动别动，一定要安心静养。"新藏又意外地听到了阿泰的声音。"你也在呀！""我也在。你母亲也来了。医生刚刚回去。"

问答之间，新藏的目光离开阿敏，怔怔地转向另一方，仿佛在眺望远方之物。没错，阿泰与母亲就坐在枕边，宽心地对视着。好不容易苏醒过来的新藏，还弄不清在那场可怕的大雷雨之后，自己是怎样回到日本桥家中的。他呆呆地望了三人一会儿。母亲慈爱地望着新藏说："一切都已风平浪静。所以你也要好好休息，早点儿养好身体。"母亲说完安抚的话，阿泰也显得比往常更加快活地说："放心吧！你俩的真情感动了神灵。阿岛婆在跟键惣说话时，被炸雷给劈死了。"

新藏喜出望外。他被无以言表的感动激荡着，不禁泪挂腮边，紧闭双目。照看他的三个人只当他又昏厥过去，慌忙地张罗起来。新藏闻声睁开了眼睛。刚刚起身的阿泰回头看看两个女人，故意夸张地咂着舌头说："啧啧！吓唬人呢！大家别慌，刚才的哭鸦现在又笑了。"其实，新藏想到那个怪老婆子已不在凡世，嘴角已悠然浮现笑意。

过了不久，在充分享受了幸福微笑之后，新藏将视线投向阿泰问道："键惣呢？"阿泰笑着说："键惣吗？键惣只有干瞪眼的份儿了。"不知何故，阿泰略显踌躇，但转眼间又像改变了主意说："我昨天去看过他。他亲口说，神灵附在阿敏身上时反反复复地告诫，若是妨碍你俩相爱，那老婆子性命难保。可那老婆子却当成了诳语。所以第二天键惣去时，她便口出狂言说，即使大开杀戒也要拆散你俩。我的计划无疑是失败了，但实际发展的结果却达到既定目标。正是阿岛婆以为阿敏在说诳语，终究导致自取灭亡。这事怎么琢磨都出乎意料。如此看来，婆婆罗神也是善恶难辨了。"

听到阿泰慨叹世事难料，新藏越发惊异于翻弄自己于股掌之上的幽冥魔力。他忽而想到自己雷雨之后的经历，便问："那我……"这次是阿敏替阿泰真真切切地答道："我们赶快叫车把你送到附近的大夫那里。可能是暴雨浇身，你高烧不止。傍晚回到这里之后，你也一直昏睡不醒。"说到这里，阿泰也很满足似的向前挪身，热情地鼓励："多亏你母亲和阿敏，高烧总算退尽。三天来你不停地说胡话。为了照顾你，阿敏自不必说，连你母亲都没合过眼。当然，阿岛婆也送了葬，是我操办的。两头儿都有你母亲劳心费神。"

"母亲，多谢您了。""什么话？还不赶快谢阿泰？"说话之间，母子俩、阿敏、阿泰都热泪盈眶。阿泰毕竟是条汉子，很快振作起来说："快到三点了吧？我也该走了。"说完便要起身。新藏疑惑地皱眉问道："三点？现在不是早晨吗？"阿泰对新藏的奇怪发问惊讶不已，问道："开什么玩笑？"并随手从腰间取出怀表，揭开盖子要给新藏看。又转眼看到新藏盯着枕边的牵牛花，于是笑逐颜开地说："这盆牵牛花呀，是阿敏在老婆子家精心培育的。可在那个雷雨天开的花，唯有这朵深蓝的至今不败。真是奇了。阿敏多次对我们说，功夫不负有心人，只要这朵花不败，你就一定会康复。你终于醒过来了。同样是匪夷所思，可这档事真够人情味儿！"

大正八年（1919）九月二十二日

（侯为　译）

灵鼠神偷次郎吉

一

初秋的一个傍晚。

在汐留港一家渔夫客栈伊豆屋的正面二楼，
两个貌似闲汉的男子久久地推杯换盏。

其中一个肤色微黑，稍胖，贴身随意地穿着
一件结城绸单衫，系一条八反布平缝窄腰带。外
面套一件舶来古装式藏青地儿红绿窄条薄布短褂，
使饱经沧桑的风貌更显英俊。另一个则肤色白皙，
个头不高。或许因为延至手腕的文身很抢眼，且
身穿脱了浆的蓝绿格纹单衫，腰缠算盘珠纹汗巾，
非但毫无气宇轩昂之态，只能透出凶神恶煞般的
潦倒。看来此人本领略逊一筹，交谈时总以"老

大"称呼对方。不过两人貌似年龄相仿，便显得比江湖哥们儿的交情更浓。这在推杯换盏中已表露无遗。

虽说已是初秋傍晚，但对面仍然可见唐津陶瓦板墙上殷红的落日余晖。夕照中，大垂柳枝繁叶茂。溽热蒸腾，足以令人感受乍凉还暑的秋老虎。尽管客栈正面二楼的苇帘已换成了花纸格窗，盛夏却仿佛仍对江户依依不舍，流连在栏杆前的伊予苇帘上、壁龛里忘了换季的瀑布水墨挂轴中、桌上的鲜鲍鱼和冰镇生鱼片之间。其实，隔街渠中的亮丽秋水间，偶尔也会拂来缕缕清风，掀动两个微醉男子的左偏水梳鬓发。由此倒也略感几分爽快，却无仲秋那般凉意。尤其是那小白脸，还敞开着单衫前襟，胸口挂着的银链护身符便频频闪亮。

两人对女侍都避而远之，很投机地密谈了许久，似已告一段落。黑胖子漫不经心地为对方斟酒，又取出膝下的烟盒说："如此这般，我也终于回到阔别三年的江户啦！"

"是啊，你实在回来得太晚。不过这次回来，不光自己弟兄，江户地面儿的哥们儿全都高兴啊！"

"说这话的，只有你。"

"嘿嘿，你说得对，"小白脸乜了对方一眼，故意阴阳怪气地抿嘴一笑说，"不信你去问问小花姐。"

"那是啊！"被称作老大的男子叼着心形烟管，脸色略显苦涩，可转眼又正儿八经地说，"不过，我不在的这三年，江户也大大变样了。"

"不。有变的，也有没变的。要说私娼的萧条，简直令人难以置信啊！"

"不是我老气横秋，如此说来，还是过去令人怀念哪！"

"只有我没变，嘿嘿，总是这么没出息，"小白脸将满杯一饮而尽，顺手一抹嘴角的酒滴，自嘲般地挑动眉梢说，"回首三年前，那简直是人间天堂。对吧？老大，你大闹江户城那阵儿，盗贼中不也有个难以对付的灵鼠神偷吗？尽管他比不上那个江洋大盗石川五右卫门。"

"越说越不像话！什么地方将我与盗贼相提并论？"

小白脸被烟呛得难受，不禁又现出苦笑。而豪爽的黑胖子却满不在乎，又自斟自酌地灌下一盅说："瞧瞧现在，小偷小摸的家伙遍地皆是，可江洋大盗却杳无踪影。"

"杳无踪影不也挺好吗？国有大盗，家有小贼。江洋大盗还是没有的好。"

"那当然是没有的好。肯定还是没有的好嘛！"

小白脸伸出刺了文身的胳膊，向老大敬酒并说道："想起当年，嘿嘿，连盗贼都让人觉得怪亲切，简直莫名其妙。刚才说的你也一定明白，那灵鼠的气魄真带劲儿，是吧，老大？"

"这话不假。为盗贼们行方便，开赌局是最好的手段。"

"嘿嘿，这手段厉害。"小白脸说着，便耷拉下肩膀。

而黑胖子却立刻精神抖擞地说："虽说我没必要说他好，不过听说那家伙钻到财大气粗的官宅专抢现钱，分给吃了上顿没下顿的穷人。原来如此啊！虽说善恶两重天，可是当了盗贼想求善报也是要积点阴德的。唔，我是这么想……是啊！听起来倒也在理。我是说，次郎吉那小子做梦也想不到改代町的裸松会袒护他。看来真有神佛保佑。"

黑胖子一边敬酒一边格外心平气和地说着，随即恍然想起什么似的大大咧咧地往前凑凑，蓦地浮起明朗的微笑说："那好，你听着。我看过一场灵鼠的闹剧，现在想起来都笑得肚子疼。"

开场白讲罢，那位老大又悠然叼起烟管吞云吐雾，朵朵烟圈在夕阳余晖中飘散。故事开场。

二

刚好在三年前，我因赌场争端从江户出走。

东海道有路障不易通过，我须经甲州官道步行到身延。我忘不了腊月十一从四谷荒木町出发，最后装扮成了流浪汉。我那穷酸相你也知道，里外两层结城捻绸裋，腰系博多布腰带，斜插护身短刀，身披棕色短斗篷，头戴草帽。当然，除了褡裢之外，无人与我同行。裹腿草鞋看似轻松，但想到再也见不到爹娘，心里别提多么沮丧。我骨子里还是很传统的，所以一步一回头。

偏偏天公不作美，碰上一个阴沉寒冷的雪天。更何况甲州官道有座黑云压顶的莫名山峰，屏风般横在枯叶无声的桑田上方。天寒地冻，连独立桑枝的金翅雀都噤口不语。又加上小佛岭刮来干冷寒风，不断横挑着短斗篷。不出远门的江户人再怎么逞强，碰上这般天气也得狼狈不堪。我手摁草帽，多少次回头张望一大早便离开的四谷和新宿方向。

不常出门的我，在路人眼中一定是惨不忍睹的模样。刚离开府中市的客栈，一个貌似规矩的年轻人从后边追赶上来，喋喋不休地与我攀谈。

看他身穿藏蓝斗篷，头戴草帽，一副常见的旅行装束。脖子上围着褪了色的窄彩条包袱皮，里面穿着洗白了的宽彩条布褂，腰系褪了色的小仓布腰带，右鬓有一块斑秃，下巴凹陷得很厉害。看那身架，即使风吹不跑，也肯定是阮囊羞涩。穿戴虽然寒酸，人倒似乎不赖。他热心地向我介绍沿途的名胜古迹，我当然也希望有人做伴。

"你去哪儿啊？"

"我去甲府。老爷您呢？"

"我去那个——身延。"

"我说啊，老爷是江户人吧？在江户哪块儿住？"

"茅场町的盆栽店。你家也在江户？"

"是啊！在深川六间堀，开越后屋重吉杂货铺过活。"

我们二人就这么攀谈起来，都是江户同乡，聊的也是江户人熟悉的事儿，就觉得有了旅伴，一起好赶路。不久来到日野客栈时，天空飘起了雪花。真不敢想只身旅行会是什么滋味。时辰已过午后四点。仰望雪天，只觉得河边白鹚鸟也叫得声声揪心。今晚说什么都得在日野住下，所以必须加紧赶路。尽管看似阮囊羞涩，但这个旅伴好歹也是开杂货铺的。

"老爷，雪下得这么大，明天怕也赶不了多少路。今天就走到八王子市吧！"

经他这么一说，也只好如此行事了。我俩在雪中艰难地走到了八王子。天色黑透，房顶早已被积雪染白，在足迹可辨的街道两侧绵延。家家檐下点起红灯笼，迟归的马车铃声渐近，俨如浑然天成的雪景浮世绘。此时，那个越后小子一边踏雪前行一边说道："老爷，今晚我想跟您结伴住宿。"

他死乞白赖地求我，我也不好拒绝："若能如此，我也就不孤单了。不过，我可是头一次来八王子，不知道哪儿有客栈。"

"没事！有一家山甚客栈，我是那儿的老主顾。"

他带我去了一家所谓的新客栈，门前也挂着

灯笼。门厅开得挺宽敞，向里径直通往厨房。我们进门后，没等缩在账台前火盆边的管家说句"请客人洗把脸"，一股馋人的米饭酱汤味儿就随着热气和烟气不怀好意地扑鼻而来。女佣提着灯笼过来招呼我们脱了草鞋，又将我们让到二楼的客厅。我们打算先洗个热水澡驱驱寒，再喝上两三盅烫好的美酒。越后屋重吉那小子高兴起来，简直没法儿招架。不喝酒都话多，酒一进肚更是滔滔不绝。

"老爷，这酒喝着对味儿吧？再往甲州那边走可就喝不着了。嘿嘿，说句老掉牙的俏皮话儿：五右卫门的老婆也几次三番地找我……"

说这话时他还若无其事。可酒过三巡之后，眼角也耷拉下来了，鼻头放着红光，还滑稽地摇晃着凹下巴，颤抖着嗓音唱了起来："美酒害人怨恨多，老爷面前没脸说。青楼贪杯毁我身，花容妖女总迷惑。"真拿他没办法，只有叫这小子睡觉了。于是瞅空儿赶紧吃饭。

"好了。明天还要起早呢！睡觉吧。睡觉！"

我催促着，好不容易催这酒鬼躺倒。这下可省事了——刚才还又唱又闹的家伙，头一沾枕头就打了个酒气熏天的哈欠，又用瘆人的嗓音低唱了一句"啊啊，花容妖女总迷惑！"随即鼾声大作。哪怕耗子闹腾得再厉害，他连身都不翻一下。

我可是遭罪了。不管怎么说，离开江户这是头一宿。那小子鼾声如雷。奇怪的是，周围越安静我就越睡不着。外面雪还在下个不停，风吹雪花不时将套窗扫得沙沙作响。身旁那个混世魔王，可能在梦中还哼唱陈词滥调。我离开了江户，恐怕会有一两个人为我牵肠挂肚而夜不能寐……这不是讲私房话玩儿——虽然本来就很乏趣。可越想这些越来精神，于是只盼着天赶快亮。

胡思乱想着就听得三更打过，四更也打过。不知何时睡意袭来，渐渐迷糊过去。不久我忽然醒来，发现边的灯笼已经熄灭。难道是被耗子拖走了灯芯？刚才还鼾声如雷的家伙，现在却像死人一般连气儿都不喘。怎么回事？我正觉得蹊跷，一只人手伸进了我的被窝，哆嗦着摸索我钱袋的绳结。原来如此，真是人心隔肚皮，这孬种竟是个扒手！简直是吃了豹子胆了——我差点儿笑出来。刚才还跟这个扒手推杯换盏来着，我越想越来气。这小子的手刚要解开绳结，我一个鲤鱼打挺起来扭住了他。这小子大吃一惊，慌忙挣扎。我用被子从头蒙住他，就势骑在他身上。这个没出息的家伙硬是把脸露出来，像乌鸡打鸣似的怪叫起来："杀、杀人啦！"我顿时怒火冲天：这不是恶人先告状嘛！刚见面时就看他有点缺心眼儿，原来真是个孬种。我抓起手边的木枕，劈头盖脸一阵猛拍。

这一下，周围的房客可就都被吵醒了。店老板和伙计满脸狐疑地举着烛火蜂拥而至。到二楼一看，那小子在我胯下露出一张怪脸正在倒气。所有人都大笑不止。

"喂，掌柜的，我碰着梁上君子了。惊扰了大家，真对不住。就拜托你，代我向房客们好生道歉了！"我就这几句话，再不多说什么。

伙计们立刻把那小子五花大绑起来，就像活

捉了一只河童，推推搡搡地从二楼了押下去。

山甚老板拱手作揖，再三道歉："嗨！真是祸从天降。想必让您受惊了。不过钱财物品都没丢，真是不幸中的万幸。天一亮就把那小子交给官府。我们照管不周，请多多包涵。"

"没什么！我也不知道他是扒手，还跟他搭伴赶路呢！是我多有失察，你不必道歉。这是点小意思，给帮忙的小伙计们买碗热荞面吃吧！"

我取点儿赏钱打发了店老板，翻来覆去地独自琢磨。后来又想，我又没被客栈女郎拒之门外，又着胳膊缩在被窝里一个劲儿地瞎寻思岂不太傻？不过我也没心思睡觉了。这一通折腾，天都快亮了，不如干脆早点儿走人，哪怕路上黑点儿。主意已定，立刻打点行装，再到账台付账。怕惊动别的房客，我蹑手蹑脚地走到楼梯口。楼下伙计们好像没睡，传来了说话声。我听见他们几次三番地提到你说的灵鼠神偷，就有点儿纳闷，便提着褛褴朝楼下望去。宽敞的门厅中间，那个叫越后屋重吉的孬种被绑在柱子上，大模大样地盘腿坐着。周围是两个小伙计和管家，在大灯的强光下撸胳膊挽袖子。那位管家一手抓着算盘，光头上冒着热气，正咬牙切齿地骂骂咧咧。

"真是的！小扒手现在也成了气候。灵鼠没准儿哪天也能修炼成江洋大盗了！真是的！要真到了那一天，整条街的客栈都要叫他给砸了牌子。倒不如现在就把他杀了，那才真叫积德行善呢！"

旁边一个蓬头垢面、马夫装束的汉子，死盯着扒手说道："哎呀呀！管家大人，您怎么净说些不着边际的话？这傻小子哪儿有灵鼠的本事？小扒手都是会逞强装横的。瞧他那副德行就知道根底了。"

"没错！大不了也就是个黄鼠贼呗！"这回是拿吹火筒当武器的伙计开了口。

"真是的！看他那野猴样儿，怕是人家的钱袋没偷成，先被人家把兜裆布抽走了。"

"干不了这顺手牵羊的勾当，不如跟小崽子们去偷庙里上香的破铜板呢！"

"什么呀！还不如到我房后谷地里去顶替稻

草人！"

众人的嘲弄之中，那个越后屋重吉似乎懊恼一时。可当伙计用吹火筒挑起下巴叫他抬头时，这家伙突然用江户口音嚷嚷起来：

"喂、喂、喂，你们这帮混蛋！冲谁胡说八道哪？你大哥我可是闯荡整个日本、小有名气的扒手，想损我也得掂量掂量自己！你们这些土老帽，胡咧咧些什么？"

众人登时哑口无言。说实话，那家伙气焰嚣张，不可一世。正要下楼的我，也在楼梯半腰驻足观望事态的发展。更何况那老好人似的管家，连算盘在握都忘得一干二净，只顾怔怔地盯着那孬种。不过，逞强的马夫还是摸着胡子满不在乎地说："小小扒手，横什么横？三年前那场暴雨中，力擒雷兽的横山客栈勘太就是我。我一跺脚就能把你踹死。"

面对气势汹汹的威吓，小扒手却冷然笑道："哼！你们见过什么世面？还想唬我？竖起耳朵，听听我的来头。帮你们赶瞌睡真是大材小用了。"

他开始声色俱厉地呵斥众人，倒也痛快淋漓。可寒气逼人，冻得他鼻下清涕闪亮。且挨了揍的鬓角到下巴都肿胀起来，面部已经扭曲。尽管如此，他的嚣张气焰尚能镇得住乡下人。这家伙怪模怪样地昂首挺胸，滔滔不绝地历数自幼所做恶事。渐渐地，那个力擒雷兽的马夫也不戳他了。这样一来，那家伙越发趾高气扬，晃着凹下巴狠狠瞪着那三人。

"哼！你们这些遭报应的，以为我会怕你们，会求饶吗？告诉你们，以为我只是个小扒手可就错了。你们不记得了吗？去年秋天暴风雨的夜晚，有人钻进这客栈的村长房间，把所有财物一文不剩地全部拿走。那不是别人，就是我！"

"是你？偷了村长……"大家不约而同地惊呼。手持吹火筒的伙计着实吓坏了，禁不住大声惊叫，并倒退了两三步。

"瞧瞧！这点儿雕虫小技就让你们魂飞魄散，你们也太没见识了。好好听着，前几天在小佛岭有两个送钱邮差被杀，知道那是何人所为？"这小子把清鼻涕吸溜回去，又吹嘘他怎么在府中市撬了仓房，在日野的客栈放火，且在厚木官道附近山中强暴拜神女香客。

然而令人费解的是，如此罪大恶极，管家和两个伙计却莫名其妙地向这孬种献起殷勤来了。那个笨熊马夫叉着粗壮有力的胳膊，目不转睛地盯着那小子低吼："你可真是个大恶棍。"此时我倒觉得滑稽可笑，差点儿乐出声来。况且那小扒手也像是醒了酒，已冻得脸色发白，下巴打战。可嘴上还挺硬，装腔作势地说："怎么样？这下长见识了吧？不过我的本领不止这些！此次是为弄到私房钱勒死了亲生老娘，露了马脚才溜出江户的。"

如此一亮相，那三个人便大气不敢出，仰慕名角似的敬佩这个肿脸家伙。太荒唐了！我再也看不下去，又下了两三级楼梯。正在此时，光头管家不知何故突然击掌尖叫："啊，我明白啦！那个灵鼠，莫非就是你的绰号？"

我立刻改变主意，停在昏暗的楼梯半腰，想

听听那家伙还要胡扯什么。可那小扒手盯着管家，自命不凡地嘲弄道："既然叫你猜中，我就实话实说。威震江户的灵鼠，正是本人。"话音未落，他浑身一颤，接二连三地打起了乏趣的喷嚏，好不容易撑起的唬人架势也就白搭了。

尽管如此，那三个家伙还像听到宣告得胜相扑力士的名号似的，给他捧场助威呢！

"我早就知道是你。提起我的大名，谁都知道，是三年前暴风雨中力擒雷兽的横山客栈勘太。小孩儿听见我的名字都不敢哭。可是你见了我，却一点儿都不害怕。"

"没错！你的目光挺威猛。"

"真是的！所以我从一开始就说，此人也算得上是一位江洋大盗。真是的！今晚是'老虎也有打盹时，智者千虑必有失'。可你若无一失，二楼房客可就都被偷光了。"就这样，虽然嘴上百般奉承，却没人动手去松绑。

此时，那个小扒手又开始张狂起来："我说管家，灵鼠住你们客栈是你们老板命好。你们不给我弄酒喝，客栈可就该大祸临头了。赶快弄五升酒来，不用烫了。"

这小子也真够不要脸的，而听得肃然起敬的管家也真够缺心眼儿的。我看到门厅大灯下，光头管家给那酒鬼小扒手用木升喂酒，就觉得不只是这山甚客栈的伙计，世人全都那么俗不可耐。为什么呢？虽说都是歹人，但巧取者比豪夺者罪轻一等，割包者比放火者罪轻一等。所以世人似乎应该仇恨江洋大盗，同情小偷小摸。然而事实并非如此，世人对贱民冷漠无情，而对贴了金的歹徒却顶礼膜拜。对自称灵鼠者以酒相待，若是小扒手就打翻在地。思量起来，我若也是盗贼，决不干小偷小摸。不过，思量归思量，我总不能这么没完没了地看下去，于是故意弄出响声走下楼梯，把行李扔到楼梯口。

"喂，管家，我要早点儿上路。给我结账吧！"

光头管家掩饰着尴尬，赶紧把酒升交给马夫，不停地摸着鬓角："这么早就要上路……嗯，还请您不要动怒……另外，刚才，嗯，承蒙您破财费心……当然，刚好雪也停了……"

他净说些摸不着头脑的话，我也觉得怪好笑。"刚才下楼时我也听到了，这个小扒手就是赫赫有名的灵鼠，对吗？"

"啊，好像是的……喂！快给客人取草鞋来。草帽和斗篷都在这儿了……听说他真是个江洋大盗呢！啊，这就给您结账。"

管家为了解嘲，一边呵斥小伙计一边手忙脚乱地进到账台里面，装模作样地取下叼着的笔噼里啪啦拨起算盘来。我趁此穿上草鞋，先抽上一袋烟。看那小扒手像是又来了酒劲儿，连鬓角都发红了。到底还是有些难为情，他尽量避免与我对视，眼睛老往别处瞟。此时看到那副寒碜相，倒觉得他挺可怜了。

"喂，越后屋。啊，不，重吉，我不跟你开没用的玩笑。你自称灵鼠，老实巴交的乡下人要是当真，那可就划不来了。"我好心相告，可这个挺尸的却好像还没过够戏瘾。

"你说什么？我不是灵鼠？这么说你还见过些面啦？我一口一个老爷地叫你……"

"我说啊，你吹得神乎其神，也就能哄哄这儿的马夫和小伙计。这会儿也该知足了吧？首先，如果你真是日本第一江洋大盗，根本用不着沾沾自喜地卖弄过去的劣迹。那对你有害无益。你听仔细了，你要硬说你是灵鼠，没准儿官府真把你当成灵鼠。不过如此一来，轻则免不了牢狱之苦，重则躲不过千刀万剐。你还要自称灵鼠吗？说啊！"

一语命中要害，吓得那个孬种嘴唇都发白了。

"我，我该死。实话说，我根本不是什么灵鼠，只不过是个小扒手而已。"

"我说得对吧？灵鼠哪能像你这德行？不过，既然你又放火又抢劫，也不是什么好鸟，真得掉脑袋啦！"我在门框上磕磕烟灰，继续厉颜正色地捉弄他。

看来他已醉意全消，又吸溜着清鼻涕忍着哭

腔说:"什么呀?那些也全是假的。我跟老爷说过的,真是开杂货铺过活。我每年都要在这条官道上往返一两次。不管好歹,总能听到不少传言。所以管不住嘴巴,想到什么就说什么……"

"嗨、嗨!你不是说你是小扒手吗?开天辟地以来,没听说过小扒手开杂货铺。"

"不,我偷人东西今晚是第一次。今年秋天老婆跑了,后来净碰上倒霉事。俗话说'人穷志短',我一念之差就干了缺德事。"本来,不管他怎么装傻,我一直认定他就是个小扒手,所以听他这么一说,我很惊讶,端着装了烟叶的烟管说不出话来。马夫和伙计们可气坏了——没法儿不生气。我阻拦不及,那小子已被放倒。

"你小子!竟敢捉弄我们!"

"把他的嘴撕烂!"

吵吵嚷嚷中吹火筒乱舞,酒升狂砸。可怜越后屋重吉肿脸未消,现在又添了满头大包。

三

"故事就讲到这儿吧！"那个黑胖子如此这般地讲完故事，端起桌上半晌没动的酒杯。

对面陶瓦板墙上已不见了落日的余晖，渠旁那棵垂柳也笼罩了渐浓的暮色。此时，三缘山增上寺的钟声波动着楼栏外海腥味的静谧空气，仿佛刚回过神来似的把瑟瑟秋意送进两位食客的心坎。晚风拂动伊予苇帘，御滨御殿森林里的乌鸦啼鸣。两位食客的桌上，洗杯钵中寒光闪闪……不要多久，女侍就会端着火苗摇曳的烛台出现在楼梯口。

小白脸看到对方端起了酒盅，赶忙按住了酒壶。"我的天！竟有这种荒唐事！他把日本江洋大盗的保护神、我崇拜的灵鼠糟蹋成了什么？老大您怎样做不得而知，若换了我，非把他废了不可。"

"用不着心急火燎嘛！连那种缺心眼儿的家伙也敢冒名顶替，灵鼠不就借此威名远扬了吗？——他定会如愿以偿。"

"话虽如此，可你从那生瓜蛋子的口中听到灵鼠的名字……"小白脸似乎又想争辩几句，而黑胖子却浮起了悠然自得的微笑。

"反正我说如愿以偿，那就毫无疑问。我还没挑明呢，三年前大闹江户的灵鼠神偷……"说到这里他仍端着酒盅，鹰眼四下扫视。

"就是我——和泉屋的次郎吉。"

大正八年（1919）十二月

（侯为　译）

舞
会

一

时当明治十九年（1886）十一月三日晚，芳龄十七的名门小姐明子和已见谢顶的父亲一起登上鹿鸣馆的楼梯，参加今晚在这儿举行的舞会。明亮的瓦斯灯下，宽阔的楼梯两侧，是三道菊花围成的花篱，菊花大得像是人造的假花。最里层是淡红，中间深黄，前面雪白，白花瓣像流苏一样错落有致。菊篱的尽头，台阶上面的舞厅里，欢快的管弦乐声，仿佛是无法抑制的幸福低吟，片刻不停地飘荡过来。

明子很早就学会法语，受过舞蹈训练，但正式参加舞会，今晚还是有生以来头一回。所以在马车里，回答父亲不时提出的问话，总是心不在焉。她心里七上八下，也可以说，兴奋之中带点儿紧张。马车停在鹿鸣馆前，她已焦急地不知有多少次抬眼望向窗外，瞧着东京街头稀疏的灯火一闪而过。

可是，刚进鹿鸣馆就遇到一件事，倒让她忘了不安。楼梯上到一半，赶上一位中国高官。这位高官闪开肥胖的身躯，让他们父女先过，眼睛痴痴地望着明子。明子一身玫瑰色的礼服，显得娇艳欲滴。脖子上系了一条淡蓝色丝带，浓密的秀发里仅别了一朵玫瑰花，散发出阵阵幽香——不用说，那夜，明子的丰姿把文明开化后日本少女的美展示得淋漓尽致，准是让那个拖着长辫子的中国高官看得目瞪口呆。这时，又有一位身着燕尾服，匆匆下楼的年轻日本人擦身而过。他下意识地回过头来，同样愕然地向明子的背影投去一瞥，随即若有所思地用手理了一下白领带，从菊花丛中朝大门口匆匆走去。

父女两人走上楼。在二层舞厅门前，蓄着半

白络腮胡子的主人伯爵大人，胸前佩着几枚勋章，同一身路易十五时代装束的老伯爵夫人相并伫立，雍容高雅地迎接着宾客。伯爵看到明子时，那张老谋深算的脸上，刹那间掠过一丝毫无邪念的惊叹之色，就连这也没能逃过明子的眼睛。明子那为人随和的父亲面带笑容，高兴地三言两语把女儿介绍给伯爵夫人。明子半是娇羞，半是得意，但同时也觉得权势显赫的伯爵夫人容貌里仍沾有那么一点儿粗俗。

舞厅里，也到处是盛开的菊花，美不胜收。无处不是等候邀舞的名媛贵妇，她们身上的花边、佩花和象牙扇，在爽适的香水味里，宛如无声的波浪在翻涌。明子很快离开父亲，走到艳丽的妇人堆里。这一小堆人都是同龄少女，穿着同样淡蓝色或玫瑰色的礼服。她们欢迎她，像小鸟般喊喊喳喳，交口称赞她今晚是多么迷人。

可是同她们刚待在一起，便不知从哪儿静静地走来一个从未见过面的法国海军军官。军官双手低垂，彬彬有礼，作一日本式的鞠躬。明子感到一抹红云悄悄爬上了粉颊。这鞠躬的意思，不用问，她当然明白。于是便回过头，把手中扇子交给站在一旁穿淡蓝色礼服的少女。出乎意料的是，海军军官脸上浮出一丝笑意，竟用一种带异样口音的日语，清楚地说道：

"能不能赏光跳个舞？"

很快，明子和法国海军军官踩着《蓝色多瑙河》的节拍，跳起了华尔兹。军官的脸色给烈日晒得黧黑，他相貌端正，轮廓分明，胡须很浓重；明子把戴着长手套的手搭在舞伴军服的左肩上，可是她个子太矮了。早已熟悉这种场面的海军军官巧妙地带着她，在人群中迈着轻松的舞步，还不时在她耳畔，用惹人喜欢的法语说些赞美之词。

明子一边对这些温文尔雅的话语报以一丝羞涩的微笑，一边不时地把目光投向舞厅的四周。紫色绉绸的帷幔，印着皇室的徽章，大清帝国的国旗，画着张牙舞爪的青龙；在帷幔和旗帜之下，花瓶中的一朵朵菊花在起伏的人海中，时而露出

明快的银色，时而透出沉郁的金色。然而，起伏
的人海像香槟酒一样欢腾，在华丽的德意志管弦
乐曲的诱惑下，一刻不停地回旋，令人眼花缭乱。
明子与一个正在曼舞的女友目光相遇，匆忙之中
互送一个愉快的眼神。就在这一瞬间，另一对舞
伴像狂飞的大蛾，不知从哪里闪现出来。

　　明子知道，这期间，法国海军军官的眼睛一
直在关注自己的一举一动。这意味着，一个全然
不了解日本的外国人，对她陶醉于跳舞感到好奇。
这么漂亮的小姐难道也会像玩偶一样，住在纸糊
和竹造的屋里吗？难道也要用精细的金属筷子，
从只有掌心般大的青花碗里夹食米粒吗？他眼中
含着讨人喜欢的笑意，但又时时闪过这样的疑问。
明子觉得又好笑，又得意。每逢对方把好奇的视
线投在自己的脚下时，她那双华丽的玫瑰色舞鞋
就在平滑的地板上越发轻快地滑着、舞着。

　　但不久，军官感到，这个猫咪似的姑娘已不
胜疲乏，便怜惜地凝视着她的面庞问：

　　"还想继续跳吗？"

"Non, merci.（不，谢谢。）"

明子喘息着，坦率地回答。

于是，法国海军军官一边继续迈着华尔兹舞步，一边带她穿过前后左右旋转着的花边和佩花的人流，从容地靠向沿墙摆着的一瓶瓶菊花。等转完最后一圈，则漂亮地把她安顿在一把椅子上，自己挺了挺军服下的胸膛，然后一如先前，恭敬如仪，作一日本式的敬礼。

后来，他们又跳了波尔卡和马祖卡。然后，明子挽着法国海军军官，经过白的、黄的、淡红的三层菊篱，朝楼下的大厅走去。

这里，燕尾服和裸露的粉肩不停地来来去去，摆满银器和玻璃器皿的大台子上，有堆积成山的肉食和松露，有耸立似塔的三明治和冰激凌，有筑成金字塔似的石榴和无花果。尤其屋子一侧，尚未被菊花埋没的墙上，有一美丽的金架子，架子上面葱绿的人工葡萄藤攀缠得巧夺天工。明子在金架子前，看到了略见谢顶的父亲，他口衔雪茄，和一班年龄相仿的绅士站在一起。看到明子，父亲满意地略点下头，便转向同伴，又吸起了雪茄烟。

法国海军军官和明子走到一张台子前，同时拿起盛冰激凌的匙子。明子发觉，即使这工夫，对方的视线仍不时落在她的首饰上、头发上，以及系着淡蓝丝带的脖子上。当然，对她来说，这决不会引起什么不愉快的感觉，不过有那么一瞬，某种女性的疑惑仍不免闪过脑际。恰在这时，有两个身着黑丝绒礼服、胸前别着红茶花的德国妙龄女郎经过身旁，她有意透露自己的疑惑，便设辞感叹地说：

"西方的女子，真是美得很呀！"

不料，海军军官闻言，认真地摇了摇头：

"日本的女子也很美，特别是像小姐您这样……"

"哪儿的话。"

"不，这绝不是恭维话。以您现在这身装束，就可出席巴黎的舞会，而且会艳惊四座。您就像华托[1]画上的公主一样。"

明子并不知道华托其人。但是，海军军官的话所唤起的她对美好往昔的幻想——幽幽的林中喷泉，行将凋谢的玫瑰，转瞬之间便消失得无影无踪。敏感过人的她，一边搅动着冰激凌的小匙，一边不忘提起另一个话题：

"我也颇想参加巴黎的舞会呢。"

"其实不必，巴黎的舞会，同这里毫无二致。"

海军军官说着，扫视了一下周围的人流和菊花，忽然眸子里露出一丝讥讽的微笑，停下了搅动冰激凌的匙子。

"岂止巴黎，舞会哪儿都是一样的。"他半自语地补上一句。

一小时后，明子和法国海军军官依然挽着手臂，和众多日本人、外国人一起，伫立在舞厅外星月朗照的露台上。

1　华托（Antoine Watteau，1684—1721），法国洛可可时代代表画家。

　　与露台一栏之隔的大庭院里，覆盖着一片针叶林。静谧中，枝叶相交的枝头上，小红灯笼透出点点光亮。冰冷的空气中，和着下面庭院里散发出的青苔和落叶的气息，微微飘溢着一缕凄凉的秋意。可就在他们身后的舞厅里，依旧是那些花边和花海，在印着皇室徽记十六瓣菊花的紫绸绸帷幔下，毫无休止地摇曳摆动着。而高亢的管弦乐宛如旋风一般，照旧在人海上方无情地挥舞着鞭子。

　　当然，露台上也热闹非常，欢声笑语接连划过夜空，尤其当针叶林上的夜空放出绚丽的焰火，几乎所有的人都同时发出哗然的喧闹声。明子站在人群里，和相识的姑娘们一直在随意地交谈。俄顷，她察觉到，法国海军军官仍旧让她挽住自己的手臂，默默望着星光灿烂的夜空，他似在感受着一缕乡愁。明子仰起头，悄然望着他的面孔。

　　"是不是想起故乡了？"她半带撒娇地询问道。

　　仍是那双满含笑意的眼睛，海军军官静静地转向明子，用孩子般的摇头代替一声"不"。

"可您好像在想什么哪。"

"那您猜猜看，我想什么呢？"

这时，聚在露台上的人群里，又像起风一样掀起一阵躁动。明子和海军军官心照不宣，停止了交谈，眼睛望向庭院里压在针叶林上的夜空。红的和蓝的焰火，在暗夜中射向四方，转瞬即消弭于无。不知为何，明子觉得那束焰火是那么美，简直美得令人不禁悲从中来。

"我在想焰火的事儿，好比我们人生一样的焰火。"

隔了一会儿，法国海军军官亲切地俯视着明子，用教诲般的口吻说道。

二

大正七年（1918）的秋天，当年的明子去镰仓别墅的途中，于火车里偶遇一位仅一面之缘的青年小说家。他正往行李架上放一束菊花，是准备送给镰仓友人的。于是，当年的明子——现在的 H 老夫人，说她每逢看到菊花，就会想起往事，便把鹿鸣馆舞会的盛况详细讲给了小说家。听老妇人亲口讲她的回忆，青年小说家自然兴致勃勃。

讲完之后，青年不经意地问 H 老夫人：

"夫人知道那位法国海军军官的名字吗？"

出乎意料，H 老夫人回答道：

"当然知道。他叫朱利安·维奥。"

"这么说是了。就是写《菊子夫人》的皮埃尔·洛蒂。"青年既愉快又兴奋。H 老夫人却讶然看着青年的脸，喃喃地一再说：

"不，他不叫洛蒂。叫朱利安·维奥。"[1]

大正八年（1919）十二月

（艾莲　译）

1　皮埃尔·洛蒂（Pierre Loti, 1850—1923），原名朱利安·维奥（Julien Viaud），法国著名作家，早年任海军军官，其作品以记叙异国见闻而闻名。

复仇之旅

序　幕

熊本县细川家的家臣中，有一名武士叫田冈甚太夫。他以前是宫崎县伊藤家的家臣，流落到此，由细川家总管内藤三左卫门推荐，被召为俸禄一百五十石的新知行[1]。

可是，在宽文七年（1667）春天举行的家臣比武中，他在规定项目枪术中，居然刺倒了六名对手。那次比武，越中太守纲利也与老臣们一起检阅。看到甚太夫枪法如此精湛，他又要求进行刀术比武。甚太夫手执竹刀，又将三名武士打得

1　知行，官名。

东倒西歪。接着上场的第四个对手，是给年轻家臣传授新阴派刀法的濑沼兵卫。为给这位教头留点儿面子，甚太夫便想放对方一马，但他又想让明眼人理解他的良苦用心，所以还须输得高明。兵卫与甚太夫过招时有所察觉，心中陡生憎恨，便在甚太夫故作败退时猛刺一刀。甚太夫被刺中咽喉，仰面倒下，状况惨不忍睹。纲利虽然赞赏他的枪术，但此回合后却满脸扫兴，连一句抚慰的话都没有。

甚太夫输招的狼狈相，很快成了人们背地里谈论的话题。"甚太夫在战场上枪把被砍掉会怎么样？他连竹刀都使不好。"这些风言风语也不知谁先说出，继而很快在府内传开，其中当然掺杂着同辈的嫉妒。但作为举荐甚太夫的内藤三左卫门，不能不为纲利挽回面子。于是，他叫来甚太夫严厉地说："你如此惨败，恐怕不能怪我看人走眼。要么你再比三局，要么我在太守面前剖腹取仁。"甚太夫若是听任流言蜚语散播下去，自己的武士名分就要丢尽。他马上带着三左卫门的意见，递交了再与刀术教头比武三个回合的请战书。

没过几天，两人又在纲利面前隆重地比了武。第一回合甚太夫击中兵卫的臂部，第二回合兵卫击中了甚太夫的面部，但第三回合又是甚太夫狠狠地击中了兵卫的臂部。纲利为褒奖甚太夫，下令加俸五十石。兵卫却捂着臂部肿痕，沮丧地从纲利面前退下。

三四天后的雨夜，府内名叫加纳平太郎的武士在西岸寺墙外遭到暗杀。他是二百石俸禄的知行近侍，一位书法、算学俱佳的老者。从他平生品行来看，绝不是遭人怨恨的人物。翌日得报濑沼兵卫失踪，才知道杀他的仇敌是谁。甚太夫与平太郎虽然年龄悬殊，但体态却极为相像。而且，两人衣背上的家徽都是圆框双蓑荷。看来，兵卫在雨夜中先是被平太郎的随从小头目手提灯笼上的家徽所迷惑，又被平太郎披蓑戴笠的体态蒙蔽，于是误杀了老者。

平太郎有个十七岁的嫡子，名叫求马。他申得官府批准，会同江越喜三郎的年轻党羽，按照当时的武士习俗组成了复仇队伍。甚太夫认为，平太郎之死自己也脱不了干系，便也申请出战当后援。同时，曾与求马互换誓约的武士津崎左近也来请战。纲利赞赏甚太夫的精神，准许了他的请求，却没有同意左近参加。

操办了亡父的头七忌日，求马即与甚太夫、喜三郎从樱花落尽的南国熊本城出发。

一

津崎左近申请助战未获准许，两三天闭门不出。眼看与求马交换的誓约变成废纸，他感到羞辱难当。不仅如此，他还担心朋辈们会在背后说闲话。然而比这更难以忍受的，是将求马单独托付给甚太夫。于是，他在复仇队伍离开熊本城堡那天夜里，终于背着父母，只留一封书信就离家追随而去。

刚出县境他就追上了队伍，当时队伍正在一

家山中驿站茶馆歇脚。左近向甚太夫伏身作揖恳请同行。甚太夫不太情愿地说："你信不过本官的武艺吗？"起先他并不轻易松口，但最后还是让了步。他用眼角窥探求马的脸色，借着喜三郎的调解，同意左近一同前往。还梳留着额发、女孩般羸弱的求马，自然掩饰不住对左近加入的渴望。左近则喜出望外，眼中噙着泪花，甚至对喜三郎也再三道谢。

一行四人得知兵卫的妹夫住在浅野家府，便先渡过文字关海峡，经中国官道向遥远的广岛城堡进发。可当他们住下并打探仇敌所在时，却又听说其侍臣的家中女仆闲聊时透露，兵卫曾来过广岛，之后悄然前往妹夫熟人所在的予州松山。于是，复仇队伍立刻乘上伊予的渡船，于宽文七年盛夏安抵松山城堡脚下。

来到松山之后，他们天天压低草笠遮面，搜寻仇人去向。然而兵卫似乎也在用心设防，从不轻易暴露藏身之所。左近曾看到一个传教士体态极像兵卫，结果却是个毫无关联的局外人。不久秋风渐起，城堡外豪宅区中的武士门第窗外，漂满城壕的水草渐渐稀疏，秋水如镜。复仇者们心焦气躁，特别是左近急于找到兵卫，不分昼夜地巡查松山各处——他希望劈出复仇第一刀的是自己。万一落在甚太夫之后，那自己抛下主子加入复仇队伍的意义何在？他的决心坚定不移。

来到松山两个多月，工夫不负有心人。左近某日经过城堡附近海岸，碰到两个跟轿的年轻武士催促渔夫准备渡船。不久，渡船备好，轿中武士出来。尽管他迅速戴上草笠，却在瞬间闪现出面孔，就是濑沼兵卫。左近犹豫不决，求马没在现场令他遗憾至极，但若现在不出手，兵卫准又逃遁别处，而且他走的是水路，无法判明去向。他必须挺身而出，自报家门并发起攻击。左近决心已下，连装束都顾不上整理就甩掉草笠声疾呼："濑沼兵卫！津崎左近替兄弟加纳求马来报杀父之仇！"随即拔刀猛扑过去。而对手却仍戴着草笠，不慌不忙地训斥道："冒失鬼！你认错人了！"左近不由得一怔，刹那间武士手起刀落。左近被抢圆了的加厚长刀劈中。向后瘫倒时，他从压低的帽檐下头一次看清了濑沼兵卫的面孔。

二

偕左近复仇的三位武士在其后大约两年之间，为寻找仇敌兵卫的行踪，几乎走遍了五畿、内河、东海道，然而兵卫却仍杳无踪迹。

宽文九年（1669）秋天，南飞大雁落脚江户时，复仇者也初踏此地。江户毕竟是各地老少尊卑聚集之处，寻觅仇人线索也较为容易。他们先在神田后街暂时住下。甚太夫扮成唱怪曲沿街乞讨的流浪武士，求马扮成背着小百货箱沿街叫卖的小贩，喜三郎则去幕府武士能势惣右卫门家做了收拾草屐的长工。

求马与甚太夫每日各自在府内转悠。业已驾轻就熟的甚太夫用破扇子讨小钱，耐心地在闹市中巡视，毫无倦容。年轻的求马以草笠遮掩憔悴面孔，徘徊于日本桥头。虽然秋高气爽，他却担心复仇之旅会以徒劳告终，因而陷于绝望。

又过不久，筑波山风日渐寒冷。求马伤风生病，不时发着高烧，但即使浑身发冷，他也从不停止外出叫卖。甚太夫每次见到喜三郎，必定称赞求马的坚忍不拔。这位年轻的忠勇武士，眼中常常泪水盈盈。但两人却并未察觉，不忍静养的求马，复仇之心已然泯灭。

冬去春来，时至宽文十年（1670）。求马从此开始暗自出入吉原的花街柳巷。相好是和泉屋的阿枫，所谓散茶女郎之一。但她已金盆洗手，一心一意侍奉求马。求马也只有在阿枫的身边，才能暂忘落寞，品味一时畅快。

当涩谷金王樱的人气在澡堂二楼沸沸扬扬时，他感受到阿枫的真心，终于袒露了复仇大事。此时他却意外地从阿枫口中听说，一个月前，貌似兵卫的武士曾与松江藩的武士们来和泉屋冶游。恰巧阿枫抽到了此人的名签，所以连相貌到携带物品全都铭记在心。不仅如此，阿枫还隐约听到此人两三天后要离开江户去云州松江。求马闻之自然欣喜万分。但要再次踏上复仇征程，他须暂时——也许永远离开阿枫。前思后想，求马踌躇不决。那天，阿枫陪酒，他喝得酩酊大醉，回到住所即吐血不止。

翌日，求马病卧不起。然而不知何故，他只字不提得知仇敌去向之事。甚太夫在外出乞讨的空隙，仍悉心照料求马。但某日他去葺屋町戏园巡查，傍晚回屋却见求马口衔遗书，已在雪亮的灯笼前剖腹自尽，惨烈景象令人目不忍睹。甚太夫强压惊魂先自打开遗书，其中写有仇敌行踪和自尽缘由："鉴于我体弱多病，难以实现复仇夙愿……"这就是他自尽的全部缘由。不过，血染的遗书中还卷着另一封书信。甚太夫浏览过后，缓缓挪近灯笼将信点着。火苗跃动，辉映着甚太夫沉痛的面容：

那是求马今春与阿枫盟定来生的誓约书。

三

宽文十年夏天，甚太夫与喜三郎来到云州松江城堡脚下。初次站在桥上远眺宍道湖和云遮雾罩的群山，两人心中不约而同涌起悲壮的激情。抚今追昔，自复仇之旅离开故乡熊本，这已是第四个夏天。

他们先到京桥一带的客栈住下，次日起便一如既往地开始探寻仇敌的栖身之所。寻觅之间，天气逐渐透出了几分秋意。此时已经探明，在松平府向武士传授不传派的恩地小左卫门宅邸里，藏匿着貌似兵卫的武士。两人觉得此次应该完成复仇使命，不，应该说必须完成。特别是甚太夫，得到消息便不时感到喜怒交集，心潮难平。兵卫已不只是平太郎一人的仇敌，还是左近的仇敌、求马的仇敌。对他自己来说，则首先是三年间令他吃尽苦头的仇敌……想到这里，甚太夫一反平日的沉稳，真想立刻闯进恩地宅邸，与兵卫决一死战。

恩地小左卫门是民间有名的刀客，因此师兄弟和门徒为数众多。甚太夫虽摩拳擦掌，却也只能静候兵卫独自外出。

战机可遇不可求。兵卫几乎昼夜蛰伏于宅邸深处。不久，复仇者落脚的客栈院内紫薇花凋零了，洒落在踏脚石上的阳光也渐失威力。两人在难熬的焦躁中，迎来了三年前反遭暗算的左近的忌辰。喜三郎当晚叩开附近的祥光院寺门，请僧人做法超度亡灵，不过为防万一，他未透露左近的俗名。他意外地发现，该寺正殿中居然供奉着写有左近和平太郎俗名的牌位。法事过后，喜三郎不露声色地向僧徒询问那牌位的来由，岂知回答更令他意外：祥光院施主恩地小左卫门的亲信，在每月两次的忌日里必定来此祈祝亡灵冥福。"今天也早就来过。"僧徒似乎毫无觉察，继续补充说明。喜三郎走出寺门，想到暗中有加纳父子和左近的亡灵相助，顿时感到勇气倍增。

甚太夫听了喜三郎的叙述，在庆幸时运到来的同时，懊悔此前从未察觉兵卫入寺祭灵。喜三郎报完喜讯，最后说："再八天就是老爷忌日。在忌日为老爷报仇雪恨，也是命中注定之事。"甚太夫亦深有同感。两人在灯笼旁对坐，通宵达旦地缅怀左近和加纳父子的生平。然而两人完全不会料到，兵卫也在为其祈祝冥福。

平太郎的忌辰日渐迫近，两人磨刀霍霍，蓄势待发。此刻已非谈论复仇成败之时，所有的悬念只等此时此刻得见分晓。甚太夫早已将完成复仇使命后的潜逃路线拟定。

这一天早晨终于到来。两人早在黎明前，就借着灯笼微光准备行头。甚太夫身着鹿皮短筒裤，上套黑纺绸夹衣。又在纺绸礼服上系根束袖细皮条，腰间佩带"长谷部则长"长刀和"来国俊"短刀。

喜三郎虽未穿礼服，却也多穿了几件内衣。两人喝了一杯凉酒，结过住店的账，雄赳赳地走出了客栈。

街面尚无行人。不过，两人还是压低草笠遮了面孔，朝事先定好的复仇现场祥光院门前走去。

可离开客栈才走了不到二百米，甚太夫突然停步说道："等等！刚才结账还差四文钱没找，我得去取。"喜三郎极不耐烦地说："不就是四文小钱嘛！哪用得着再跑一趟？"他想尽快赶到已在眼前的祥光院。但甚太夫却说："乞讨得来的小钱倒也不足吝惜。但若甚太夫这等武士上阵之前竟慌得算不清账，岂不给后人蒙上奇耻大辱？你先走一步，我得去客栈取钱。"——甩下此话他便独自返回。喜三郎钦佩甚太夫的坚定决心，并顺从地独自奔赴复仇沙场。

没过多久，甚太夫已与喜三郎在祥光院会合。虽然当日空中飘着薄云，散乱着朦胧阳光，却又不时地飘下雨丝。两人分头在枣叶发黄的寺墙外巡游，斗志昂扬地等待兵卫前来焚香祭灵。

然而时近正午，却仍不见兵卫前来。喜三郎不堪久等，便拐弯抹角地向门僧打听。门僧亦不知兵卫今日为何迟迟不来。

两人压抑着亢奋的情绪，静静地站在寺外。时光无情地流逝。暮色苍茫。乌鸦一边啄食枣子一边聒噪，哀鸣在寂空中回荡。喜三郎心急火燎，凑到甚太夫身旁耳语："干脆，去恩地宅院吧！"然而甚太夫却直摇头，毫无赞同之意。

不久，夜空云隙间疏星点点，甚太夫靠在院墙边仍在耐心等待。这倒也合情合理：兵卫自知身负血债，极有可能在夜深人静之时前来拜佛。

终于，夜晚的第一声梵钟响起。二更的钟声响起。两人任凭露水打湿衣衫，仍然固守寺外。

然而，兵卫最终仍未露面……

大结局

甚太夫主仆二人换了住处，继续监视兵卫。但过了四五天，甚太夫突然在半夜开始剧烈地上吐下泻。喜三郎非常担心，马上要去求医。病人却担心大事败露，坚辞不许。

甚太夫长卧病榻，靠买药维持，但吐泻却未曾停止。喜三郎于心不忍，终于说服病人允许求医诊脉。于是，先求店主请来熟识的医生。店主立刻差人跑去，叫来附近行医的松木兰袋。

兰袋曾在向井灵兰门下学习西医，医术高超，名扬远近。他还有性格豪爽的一面，日夜不离杯中之物，却又从来不计黄白之酬。他曾作歌自赋："腾云驾雾，跋山涉水。普救众生，益寿延年。"来请他号脉开药者众多，上至尊贵的本藩老臣，下至薄命的流浪乞丐。

兰袋连脉都没切，就诊断为痢疾。然而服过这位名医开的方剂，却仍不见甚太夫病情好转。喜三郎悉心照看病人，同时虔诚地祈祷各路神佛保佑甚太夫早日康复。病人日夜忍受枕边煮药的烟熏火燎，祈望活到复仇夙愿实现之日。

时至深秋。喜三郎去兰袋家取药，不时看到水鸟成群结队飞过长空。某日，在兰袋家门口偶遇一人也来取药。听他与兰袋门徒交谈，得知他来自恩地小左卫门宅邸。喜三郎等那人走后，便对已经熟识的兰袋门徒说："看来，连恩地前辈那样的武林豪杰，也难免病痛之苦啊！""不，病人不是恩地老爷，是他家的客人。"慈眉善目的兰袋门徒坦诚相告。

从此，喜三郎每次取药都若无其事地打探兵卫的情况。经过多次探听方知，兵卫恰自平太郎忌日起，也染上了相同的痢疾，痛苦不堪。如此看来，兵卫自那日起不再去祥光院，肯定是因为身染恶疾。听说此情，甚太夫却更加难以忍受病痛。因为倘若兵卫因病而死，就不会再有报仇雪恨的机会。而即使兵卫仍旧活着，自己反丢性命，那么几年来熬过的艰难困苦也将前功尽弃。最后，甚太夫咬着枕头，虔心祈祷自己早日痊愈。同时，也不得不祈祷仇敌濑沼兵卫尽快痊愈。

然而命运对田冈甚太夫过于残酷，他的病情越发严重。服用兰袋的方剂不到十天工夫，就已恶化到朝不保夕的地步。他在极度痛苦中，仍旧念念不忘复仇夙愿。喜三郎听到他在呻吟中，不时地念叨八幡大菩萨。特别是在某夜，当喜三郎照例喂他喝药时，甚太夫怔怔地盯着他，用微弱的嗓音呼唤："喜三郎！"又说，"我真是命薄如纸啊！"喜三郎手撑铺席，垂头不语。

翌日，甚太夫突然痛下决心，叫喜三郎去请兰袋。兰袋照例酒气冲天，很快来到甚太夫病榻前。甚太夫看到兰袋立即起身，痛苦不堪地说："先生，承蒙长期救治，甚太夫不胜感激。可我在一息尚存之际，还想拜见先生并有一事相求。不知先生是否愿听？"兰袋豪爽地颔首示意。于是，甚太夫断断续续地讲述了寻找濑沼兵卫复仇的经过。他话音低弱，耗时费力，却毫无颠三倒四之语。兰袋眉头紧锁，认真倾听。故事讲完，甚太夫已是上气不接下气。他继续说道："我今生最挂念的，就是兵卫的病情。兵卫还活着吗？"喜三郎已是泣不成声，兰袋至此也是老泪纵横。但他向前挪身，对着病人的耳朵说道："你放心吧！今早寅时，老朽看到兵卫前辈已然仙逝。"甚太夫脸上浮起微笑，同时，瘦削的脸颊留下一道冷峻的泪痕。"兵卫……兵卫真是个福星高照的家伙！"甚太夫嫉恨不平地说完，垂下发髻蓬乱的头颅，似乎要向兰袋行礼道谢。但他最终还是没能做到……

宽文十年阴历十月底，喜三郎孑然一身向兰

袋告辞，踏上回归故乡熊本的路途。他的褡裢里，收藏着求马、左近、甚太夫三人的遗发。

尾 声

宽文十一年（1671）正月，云州松江祥光院的墓地里新建了四座石塔婆。施主严格保密，内情无人知晓。石塔婆落成之日清晨，两位僧侣模样的人物手执红梅花枝走进祥光院寺门。

其中一位一看便知，是本地名医松木兰袋。另一位虽然病得瘦弱不堪，但行止举动威风凛然，透出武士风范。两人在墓前献上红梅花枝，然后依次为四座石塔婆洒扫祭拜……

后来在黄檗慧林佛会中，出现过一位老衲，酷似当年瘦弱不堪的僧侣。只知其法名为顺鹤，此外概不明了。

大正九年（1920）四月

（侯为　译）

素戋呜尊

一

高天原之国也终于迎来了春天。

远眺群山，眼前再也找不到残雪斑驳的峰峦。牛马悠然漫步的草场已经依稀点染了嫩绿。天安河水沿着山麓流向远方，涟滟波光不知何时开始透出诱人的融融暖意。且看河畔部落，春燕也已归来。女人们顶着瓦罐取水的泉井边，山茶花早已凋落。水漉漉的石板上，散落着洁白的花瓣。

在这恬静的春日午后，天安河滩上聚集了众多青年，正全神贯注地展开竞技。

他们首先各执弓箭，朝着头顶的天空猛射。如林的弓弦奏出动人心魄的交响曲，又仿佛狂风呼啸此起彼伏。每轮劲射之际，利箭犹如飞蝗腾空。箭羽反射着阳光，向空中的薄霞刺去。不过，其中白鹬翎毛箭总是飞得最高——高得几乎不见踪影。弓箭手身穿黑白格倭衣，是位相貌丑陋的小伙。他手握粗大的白檀硬弓，稳健地搭上大头箭拉弓发射。

每当白翎箭腾空而起，周围的青年们都随之仰头追寻，并交口称赞功力不凡。然而得知每轮都是白翎箭飞得最高，他们又变得表情冷淡。不止如此，居然有人对功力稍逊者滥发溢美之词。

丑小伙毫不在意，继续快活地射箭。此时不知谁带的头，射手们渐渐停止拉弓，眼见得弓林箭雨变得稀稀拉拉。最终只剩丑小伙射出的白翎箭，如同白昼流星般直上九霄。

不久他也停下手来，满脸自豪地扭头环视年轻的伙伴，却无人与他共享优越满足之感。他们早已聚集河滩水边，忘情地投入了跳越天安河面的竞赛。

他们比赛谁跃过的河面最宽。有人运气不佳，落入映射出烧红钢刀般波光的河水，激起耀眼的水花。但多数人都能像小鹿过沟般矫健跃过，然后回望此岸爆出欢声笑语。

丑小伙看到这新颖的竞技方式，立刻将弓箭扔在沙滩，并身轻如燕地跃过河面。他跃过的河面最宽，可其他青年却越发不理睬他。那个跟在他后面的——比他跳得近、跳得轻松的高个儿美男子，却备受吹捧。美男子身穿相同的黑白格倭衣，项下的勾玉和臂腕上的手镯，却比别人典雅精巧。丑小伙交叉臂膀，略显艳羡地抬眼瞅瞅美男子，随后离开众人，独自在艳阳中走向下游。

二

走向下游的丑小伙，在无人跃过的、约有三丈宽的岸边站下。曾经湍急的河水到此骤缓，两岸沙石间澄清着一泓碧水。他目测了一下河面宽度，接着后退两三步，又突然像抛石器弹出的石弹一般向对岸蹿去。然而此次没能成功，他头朝下栽进深水，溅起了大朵水花。

他落水的位置距其他年轻人不远，其失败早被看在眼里。有人捧腹大笑，好像在说"活该"，也有人也哄笑一番之后，仍给予更多的同情和鼓励的话语。这群心怀善意的人中，也有那位佩带精巧勾玉和手镯的美男子。因为丑小伙惨遭失败，伙伴们又像对待世间弱者一般，开始显示亲近。不过，他们很快又恢复了先前的那种沉默——暗藏敌意的沉默。

因为他已像落汤鸡似的爬上对岸，立刻执着地准备再次跳过那段宽阔河面。不，不是准备，他已然蜷腿腾空，身轻如燕地飘过明矾色的水面，只是落在对岸时摔了个仰八叉，激起云霞般的沙尘。这庄严得过了头的滑稽，更使伙伴们大笑不止。当然，他们既未喝彩也未欢呼。

他拍掉手脚上的沙尘，挣扎着撑起湿淋淋的身躯，又望望年轻的伙伴。然而他们却似乎早已厌倦了跳跃河面的竞赛，又开始寻找别样新奇的角力竞技。伙伴们兴致勃勃地欢闹着向上游奔去。但即便如此，丑小伙也仍未失去快乐。或者说，他根本不可能失去快乐，因为他弄不懂他们为何不快。依此来看，他实际上是个头脑简单的人。而这种头脑简单，又是一切强者特有的烙印——这也是事实。所以，当看到伙伴们走向上游时，他却浑身滴水，手搭凉棚遮挡艳阳，慢吞吞地跟在后面。

此时，其他青年已开始用河滩滚石比赛举重。石块有的大如牛身，有的小如羊羔，在阳光中七躺八卧。青年们全都撸起了袖子，倾全力抱起更大的石块。不过，除了五六个膀宽腰圆的大力士之外，其他人只能抱起不大不小的石块。因而举石比赛的范围自然缩小，所剩参与者都能轻松地抱起巨石并投出。特别是穿红白三角花倭衣，满脸蓬乱胡须，粗脖矮个的小伙，挽起袖口搬起别人无法撼动的巨石随意摆弄。围观的年轻人对他非凡的膂力赞不绝口，他也像是要回报众人的赞赏，还要搬起更大的石块。

正在此时，丑小伙来到现场。

三

丑小伙叉着双臂，观望一阵五六人显示力量的表演，随即也难耐技痒，跃跃欲试。只见他卷起湿漉漉的衣袖，耸起宽厚的肩膀，像出洞黑熊一般四平八稳地走进赛场，且将无人能够搬动的石块抱起，毫不吃力地举过肩头。

可众人依然对他冷眼相看。只有刚才得到喝彩的粗矮小伙，似乎意识到出现了不好对付的竞争者，不停用嫉妒的目光扫视他。丑小伙将扛在肩头的巨石来回一摇，猛然向对面无人的沙滩投去。粗矮小伙犹如饿虎扑食一般蹿到那块巨石旁，猛地抱起巨石，毫不逊色地高高举过肩头。

这一串举动雄辩地证明，他俩的膂力远超他人。方才自不量力的逞能者都自惭形秽，面面相觑，无奈地退到旁观人群中去。留下的两人尽管往日无冤，近日无仇，争到此时却骑虎难下，一决雌雄已在所难免。众人见状，便在那粗矮小伙投出巨石的同时爆发欢呼，而目光却一反常态地集中在浑身湿透的丑小伙身上。不过他们只关心胜负，却并非对他大发善心，这在他们不怀好意的目光中已表露无余。

即便如此，他仍从容不迫地唾唾手，走向更大一圈的巨石。然后双手按着巨石调整呼吸，紧接着运气发力将巨石抱至腹部，最后将双手翻转向上，眼看着又潇洒地将巨石举至肩头。不过此次并不投出，却用眼神招呼粗矮小伙，善意地微笑着说："来，你接着！"

粗矮小伙原先站在几步开外，不时咬咬胡须嘲弄地看着他，随即答道："好啊！"然后大摇大摆走上前去，立刻将那巨石接在小山一般的肩头，又走出两三步将巨石举过眼眉并全力投出。巨石发出震耳欲聋的轰响落在围观者面前，扬起银粉般的沙尘。

众青年又像刚才一样欢叫起来。可欢声未落，粗矮小伙又在水边抱起了更大的巨石。

四

　　两人不知较量了多少回合，渐渐地面露疲惫神色。脸上和手脚汗滴如雨，且倭衣都已涂满泥沙，不辨颜色。纵然如此，他们仍气喘吁吁地举石传接，不决出胜负誓不罢休。

　　众青年看到他俩越来越疲劳，兴致反倒更加浓厚，这与观看斗鸡、斗犬一样残忍而冷酷。他们已经不对粗矮小伙表示特别的好感，对胜负的关注已将人心强有力地笼罩在狂热的罗网之中。他们呐喊煽动，交替着为两人加油。那是自古以来令无数斗鸡、斗犬、斗士无谓地洒下宝贵鲜血的、注定会使所有人发狂的呐喊煽动。

　　这种煽动当然对两个斗士不无作用。他们相互看到，对方充血的眼球迸发出可怕的憎恶之情。特别是粗矮小伙更加露骨，投出的巨石滚向丑小伙脚下。这很难解释为偶然所为，但丑小伙对此险情毫不在意。或许是对迫在眉睫的决战过分关注，他反而显得满不在乎。

　　他先是闪身躲过对方投来的巨石，最终鼓起勇气走到岸边，准备挑战那块牛身一般的巨石。巨石斜刺里分开了水流，湍湍春水洗刷着石身上的千年青苔。举起这块巨石，恐怕对高天原国的第一力士手力雄命来说也非易事。而他在沙滩单腿跪下，双手抱石使出浑身力气，已将陷入沙中的巨石拔出。

　　如此超人膂力震慑了围观者。他们瞠目结舌，甚至忘了呐喊助威，只顾屏气凝神地注视掀起千钧巨石的丑小伙。他停顿了片刻，大汗淋漓表明他已竭尽全力。坚持片刻，鸦雀无声的众青年不约而同地爆发出欢呼声。不过这欢呼已非刚才那种别有用心的起哄，而是情不自禁脱口而出的喝彩。因为此时他已肩扛巨石，一点点地挺直了半跪着的腿。随着他挺起腰板，巨石一分、一寸地离开了沙滩。当丑小伙再爆惊呼时，他已将突兀巨石扛在了肩头。额前长发凌乱着，他俨如撕裂大地叱咤进出的土雷神，威武不辱地挺立在乱石林立的河滩上。

五

他肩扛千钧巨石在河滩上跟跄两三步，然后从拼命咬紧的牙关中吟唤着招呼对方："来吧！接着！"

粗矮小伙迟疑不前，他至少在一瞬间从对方那凄壮的身姿感到了震慑。但他仍立刻鼓起绝望般的勇气，咬紧牙关回答说："好吧！"然后奋然张开臂膀，就要去接巨石。

巨石开始从丑小伙的肩头移向粗矮小伙的肩头，缓慢得仿佛云峰的飘移。而云峰的飘移势不可挡，又是那样冷酷无情。粗矮小伙满脸通红，咬紧狼牙般的犬齿，想以宽厚的肩膀扛起渐渐压迫过来的千钧巨石。然而当巨石完全移过来之后，他的身体却在刹那间像狂风中的旗杆一般摇摇欲倒，且脸上无胡须遮掩的部分眼看着失去了血色，从煞白的额头沁出了汗珠，接二连三地滴落在耀眼的沙滩上。紧接着，肩头的巨石与刚才方向相反，一分、一寸地将他压低。他用双手拼力撑住巨石，想要坚持到底，而巨石却像不可抗拒的命运一般倾压下来。他的身躯开始弯曲，头颅开始低垂。现在不管怎么看，他都像是巨石下垂死挣扎的螃蟹。

围拢来的青年们被惨状惊呆，茫然地注视着悲剧的发生。以他们的手段，很难救他于千钧巨石之下。不，就连丑小伙能否从他背上接下刚刚举过的巨石也令人怀疑。因此，他的丑脸也交替现出恐惧和惊愕，却只能呆然凝视对手。

终于，粗矮小伙被巨石压得跪在沙滩上，同时口中传出难以言喻的痛苦声音，不知是惨叫还是呻吟。丑小伙闻此即如噩梦初醒，猛然前冲欲将巨石掀开。然而双手未及碰到巨石，粗矮小伙已经倒下。随着骨头断裂声响起，他的双眼、口中血如泉涌。可怜壮士一命呜呼。

丑小伙拱手俯视倒下的对手，片刻之后抬起头颅，眼中痛苦的目光像在寻求无言的应答，环视着畏畏缩缩的众青年。可他们呆立在艳阳下，全都默然垂眼，无人抬眼看他丑陋的面孔。

六

自此，高天原国的众青年不能再对丑小伙故作冷淡。一伙人开始露骨地对他的非凡膂力表示嫉妒，另一伙却像哈巴狗一样盲目追崇他，还有一伙则对他的野性和愚勇加以无情的嘲笑，其余数人则对他由衷折服。不过无论站在何等立场，人们都开始在他身上感到一种威胁，这是无法否认的事实。

周围人们的态度变化当然躲不过他的眼睛。不过，粗矮小伙因他而惨死的印象长久地刻印心底。无论旁人表示好感还是反感，他却永远抹不去那段记忆。他无法回避对这种困惑的体味。特别是与崇拜者们相处时，他常常自我感觉到少女般的羞怯。可这却更强烈地吸引了友善的目光，同时也使敌对者更加反感。

他尽量躲开人群，且大多时间都孤身一人在部落周围的山中度过。大自然对他非常友善：森林万树萌芽开花，同时不忘向孤苦的他送来令人眷恋的绿鸠啼鸣；池畔芦苇新生嫩叶，同时不忘在水面映出暖意融融的朦胧春云，以此慰藉他的孤寂心灵。灌木林中夹杂着荆豆，山白竹丛飞出了雉鸡，还有峡谷深潭中逐波弄影的香鱼……在几乎所有的景物中，都能找到众青年无法给予的安详和宁静。此处毫无爱憎之别，一切生灵都平等地享受阳光和春风带来的幸福。然而……

然而，他毕竟是个人。

他时而在山涧石上观看岩燕掠过水面穿梭飞舞，时而在峡谷辛荑丛下静听醉饮花蜜的牛虻振翅。此时，他常常骤然被无以言状的孤寂感包围，却不知这种孤寂感从何而来。不过，他又觉得这与几年前失去母亲时的悲伤相同，他注定会被这种无处寻母的失落感击垮。此时的孤寂当然难比丧母的悲伤，但他还有比思念母亲更大的心愿。为此他不得不在山间春色中鸟兽般地流浪，不得不在享受幸福的同时品味匪夷所思的不幸。

不堪孤寂困扰时，他常常爬到山腰冠如伞盖的大槲树上，出神地眺望远处山脚的光景。他的部落中，茅庐仿佛棋子一般星星点点地排列在天安河畔，时而还能看到几柱炊烟袅袅升起。他骑在粗壮的槲树枝上，笑迎部落上空吹来的熏风。熏风摇曳着春光里的枝梢，不时送来新芽的清香。然而，熏风拂过耳际，却似乎变成了窃窃私语。

"素戈呜啊！你在寻觅何物？你要寻觅的既非在此山中，亦非在那部落里。跟我走吧！犹豫什么？素戈呜啊……"

七

然而素戈呜不愿随风流浪。那又是何物使他对高天原国依依不舍呢？扪心自问时，他总会羞红了脸膛，因为丑小伙暗恋的姑娘在这里，还因为他总觉得像自己这样的野人不配爱她。

他初次见到那位姑娘，也是独自爬上山腰这棵槲树顶的时候。当时他也在出神地眺望山下银练般蜿蜒的天安河。突然，树下意外地响起少女的爽朗笑声，宛如碎玉撒落冰面，蓦然打破他孤寂的白日梦。他为甜梦被惊醒而气恼，睁眼向槲树下的芳草地望去。只见三位姑娘沐浴着阳春丽日，不知为何笑闹不停，似乎浑然不觉他的存在。

他看到她们肘弯挎着竹篮。是来摘花，采树芽，还是挖土当归？三位姑娘，素戈呜都不认识。不过，她们皆非卑贱人家女子，从其肩头的漂亮披巾即可看出。她们在嫩草地上追赶一只疲于奔命的绿鸠，披巾便在熏风中翻飞。绿鸠从姑娘们的玉臂之间钻过，不时拼命地拍打伤翅。可它无论怎样，却总飞不过三尺高度。

素戈呜在高高的槲树顶上观望了片刻。此时，一位姑娘撒掉竹篮，差点儿抓住绿鸠。绿鸠又扑腾了一阵，柔软的羽毛雪片一般纷纷扬扬。看到这里，他抓住骑着的树枝将身躯悬在空中，忽悠一下便落向树下草地。可是脚一着地就打了滑，于是仰面朝天倒在惊呆了的姑娘们中间。

姑娘们霎时哑然相觑，随即不约而同地开怀大笑。他立刻跳起，虽然很难为情，却又故作高傲地巡视着姑娘们。绿鸠趁机拖了伤翅，扑腾着钻到嫩芽依稀的林中。

"你刚才在哪儿？"一位姑娘终于止住笑，不屑似的问，还直盯着他看，但嗓音中回荡着忍俊不禁的余韵。

"在那儿！那根槲树枝上。"素戈呜叉着双臂，保持高傲的姿态。

八

听到他的回答，姑娘们又相视而笑。这真让素戈呜怒火中烧，不过，同时他心中也有几分高兴。他板着丑脸想再吓唬她们一下，所以故意目露恼色："有什么好笑的？"

然而，他的威吓对她们毫无作用。她们又开心大笑一阵后，终于安静下来看着他。另一位姑娘略显羞赧地摆弄着披巾问道："可是，怎么又从那儿下来了？"

"我想救那只绿鸠。"

"我们也是想救那只绿鸠的。"第三位姑娘快活地笑着从旁插言。看上去她年方豆蔻，但与两位伙伴相比容貌最美，身段儿超群，且活力四射。刚才甩掉篮子差点儿抓住绿鸠的，肯定就是这位聪明伶俐的小姑娘。他刚与她目光相遇，就莫名其妙地狼狈起来。但他又不愿在她们面前乱了阵脚。

"你们骗人！"他声嘶力竭地呵斥道。但他自己最清楚，她们并未撒谎。

"哎呀！我们怎能骗你呢？真是要救它的嘛！"她急忙申辩。此时，另两位对他的气恼感到好笑的姑娘也像小鸟般叽叽喳喳起来。

"是真的嘛！"

"为什么说我们骗人？"

"又不是只你一人爱护绿鸠。"

他一时忘了回答。姑娘们的声音来自三方，犹似捅了窝的蜂鸣冲击着他的耳膜，令他穷于招架。片刻后他又鼓足勇气，放开胸前叉着的双臂，做出要将她们挨个儿推倒的架势，雷鸣般地狂吼：
"烦人！不是骗人就赶快走开！不走我就……"

姑娘们好像真的吓坏了，慌忙躲到一边去。
可她们却又转而咯咯笑着，摘下脚边盛开的鸡肠
花一齐向他抛来。淡紫色的鸡肠花纷乱地落在素
戋鸣的身上，他沐浴着馨香扑鼻的花雨却呆若木
鸡，旋即又想起他刚才的狂吼，张开双臂向恶作
剧的姑娘们猛冲几步。

她们却转眼间跑出了树林。素戋鸣木然呆立，
无心地目送彩巾远去，然后，又将目光投向优雅
地点缀着绿茵的鸡肠花。不知何故，一丝坦然的
微笑爬上他的嘴角。他就地仰卧，透过萌芽枝梢
间隙凝望春天明丽的天空。林外还隐约传来姑娘
们的笑声。可是过不多久，笑声也已消失，只剩
下孕育草木旺盛生命力的朗朗沉默……

良久，伤了翅膀的绿鸠又战战兢兢地返回。
仰卧在草地上的素戋鸣却已发出均匀的鼻息。不
过在他平仰着的面孔上，既有透过树梢洒下的阳
光，还有微笑过后的余韵。绿鸠踏着鸡肠花轻踱

过来，窥探他酣睡的脸，歪着脑袋，仿佛在思索
那微笑的深意……

九

打那以后，他心中常常鲜明地浮现出那位快
活姑娘的姿容。但正如前述，他自己羞于承认这
个事实。对伙伴们，更是从来不提此事。其实，
想打探他的秘密并非易事，因为素戈呜平日过的，
是与恋爱无缘的野蛮生活。

他仍躲避人群去亲近山中的大自然，动辄整
夜地在密林深处奔走。他时常遭遇生命危险，曾
斗杀过大黑熊和野猪。他有时还翻越春风不度的
险峰，射杀栖息岩缝的大雕。但迄今尚未遇到竭
尽他非凡膂力的强悍对手。就连穴居深山、以剽
悍著称的矮人族遇到他都必死无疑。他常带着从
灵魂出窍的对手身上获得的武器和矛头挂着的猎
物凯旋。

他骁勇善战的威名，渐渐促成部落中敌对的两大阵营。只要一有机会，他们就毫无顾忌地公然争斗。他当然想尽量阻止这种争斗，可对手们却只为自己着想，毫不理会他的心情。因而几乎所有小事都能引起互相倾轧，其中隐存着某种命里注定、势不可挡的原动力。虽然他对敌我仇视颇感不快，却又不由自主地卷入其中……

曾经发生过这样的事。

一个明媚春日的傍晚，他挟着弓箭独自走下部落后方的青草坡。当时，他脑海中不断浮现出刚才未能射中的公鹿身影，并深感惋惜。当他来到坡间嫩叶勃发的榆树下，俯望夕阳霞光中的部落屋顶时，遇到四五个青年正喋喋不休地与另一个小伙争吵。周围有家畜在吃草，看来他们都是来此放牛放马的。那个孤立无援的小伙，正是崇拜者中奴仆般侍奉他却惹他反感的一个。

看到他们，他立刻对即将发生的事情产生了不祥的预感。但是既然看在眼里，就不能不闻不问。于是他先向那个熟识的小伙搭话："发生了什么事？"

小伙像是见了救星，高兴得眼中放光，滔滔不绝地诉说对方的蛮横无理：他们对他极端怨恨，甚至虐待和伤害他的牛马。小伙愤愤不平地说着，还不时瞪对方儿眼，借素戈鸣的虎威说些趾高气扬的话："你们别跑！马上就会遭报应的。"

<h1 style="text-align:center">十</h1>

素戈鸣充耳不闻地让他告完状，正欲以平和的态度劝解对方，刹那间，崇拜者似已委屈得忍无可忍，猛然扑向近前的青年，狠狠地抽了对方一个耳光。挨打的青年跟跄着倒退几步，又反扑过来。

"住手！喂！我说住手就住手！"素戈鸣呵斥着，欲将两人分开。可挨打的青年被他抓住胳膊后，却瞪着充血的眼睛向他凑来。与此同时，崇拜者抽出腰间别着的鞭子挥舞着，发疯似的冲向对方。

对方当然不是等闲之辈，立刻分成了两伙。一伙将青年团团围住，另一伙纷纷拔拳扑向被意外弄慌了神的素戈呜。事已至此，素戈呜除了应战别无选择。且当对方的拳头终于落在他的头上时，他已经失去理智而怒火冲天。

他们霎时间乱作一团，相互厮打起来。一旁吃草的牛马也被吓得四散逃窜。他们的主人却只顾大打出手，似乎无人操心牲畜的去向。

与素戈呜交手的人，若非手臂被打折便是腿脚被扭瘸。他们不敢恋战，终于溃不成军，狼狈地逃下山去。

素戈呜赶走对手，还得回头劝他的崇拜者切勿穷追不舍："别闹，别闹！想跑就让他们跑吧！"

小伙终于被他松开手，一屁股坐在了草地上。他面颊青肿，显然早已饱尝老拳。素戈呜见此情状，本来怒不可遏的心中倒生出了几分滑稽感。

"怎么样，受伤了没有？"

"没什么！就算受伤也没什么大不了的。今天算是给他们点儿教训。你呢？伤着哪儿了没有？"

"唔，只起了一个包。"素戈鸣满腔怒火却只凝成一句话，说完便坐在榆树下。夕阳映照山腰，染得通红的部落屋顶浮现在眼前。此景令素戈鸣感受到妙不可言的祥和与安宁，也使刚才那场恶斗恍若梦境。

两人坐在草地上，默默地凝望着闲适黄昏中的部落。

"怎么样，包疼得厉害吗？"

"不怎么疼。"

"听说嚼点儿生米敷上会好些。"

"是吗？这倒不错。"

十一

与这场恶斗同样的情况，素戈鸣违心地使一群青年渐渐成了仇敌。从数量上来讲，他们是部落青年中三分之二以上的多数。正像将其尊为首领的团伙一样，对方团伙也尊崇思兼尊和手力雄尊等长者。不过，那些长者对素戋呜却毫无敌意。

特别是思兼尊，反倒对其粗犷性格不无好感。在草坡恶斗两三天后的下午，素戋呜照例独自去山中古沼钓鱼，在此偶遇思兼尊。对方也是独蹚溪径而来，毫不介意与他同坐朽木之上，还意外融洽地谈论世事。

长老须发皆白，既是部落第一学者，还享有部落第一诗人的美誉。部落中的许多女子还奉他为超凡巫师。这是因为长老但有闲暇即踏遍群山寻觅药草。

素戋呜当然毫无理由反感思兼尊，所以抛下钓线便很投机地与长老交谈起来。两人在古沼边缀满银絮的垂柳下，天南地北地谈论了很久。

过了许久，思兼尊说道："近来你的功力名声大振啊！"他脸上浮起微笑。

"仅仅是名声大振而已。"

"仅此足矣。因为一切都是先有名声，后有价值。"

素戈呜对此说法完全不理解："是吗？那要是没有名声的话，我再怎么有功力也……"

"那就连功力都毫无价值了。"

"但只要是金子，即使无人发掘，它也还是金子，不对吗？"

"可是，倘若无人发掘，谁会知晓它是金子呢？"

"这么说，如果把微不足道的沙子当成金子发掘……"

"那微不足道的沙子就是金子了嘛！"

素戈呜隐约感到思兼尊在戏弄他。但感觉归感觉，长老那皱纹密布的眼角却只有笑意，毫无恶意。

"这么一说，我倒觉得金子也微不足道了。"

"当然微不足道啦！倘若估计过高，那才是错上加错！"思兼尊说完，真的一脸微不足道的表情，拿起不知从哪儿采来的蜂斗花茎，聚精会神地品味那馥郁的芬芳。

十二

素戋呜沉默了片刻。思兼尊又接着话头谈论他非凡的功力。

"你不是曾经跟人比过举石头，还死了人吗？"

"他太不走运了。"素戋呜感到自己似乎在受责难，不禁将目光投向春光朦胧的古沼水面。幽静古沼看去很深，水面隐约映出周围抽芽春树的倒影。可思兼尊却旁若无人一般，时不时地凑近鼻子去闻蜂斗花茎。

"是不走运，但其行为简直愚顽透顶。依我看，第一，竞技本身已是不合时宜；第二，毫无胜算的竞技更不值一提；第三，舍命竞技可谓愚顽透顶。"

"但是，我总觉得很内疚。"

"没有必要。又不是你杀了他，是其他爱起哄的后生的罪过。"

"可那帮人反而憎恨我。"

"当然要憎恨你。相反，倘若死的是你，而你的对手胜出，那帮人必定憎恨你的对手。"

"人间之事不过如此吗？"

然而长老却避而不答，倒提醒他说："咬钩了！"

素戈呜急忙收线，只见线端一尾真鳟欢蹦乱跳，银光闪闪。"鱼儿可是比人幸福啊！"长老看着他用竹枝穿系鱼鳃，又笑嘻嘻地讲起他几乎听不懂的哲理。

"在人惧怕鱼钩之时，鱼儿却毫无顾忌地咬钩，欣然赴死。我挺羡慕鱼儿的。"

素戈呜默默地再将钓线抛入古沼，可不一会儿就又向长老投去困惑的目光。

"你的话我总琢磨不透。"

闻听此话，长老却意外地严肃起来。他捻着下巴上的雪白胡须说："还是琢磨不透的好。否则，你也会像我一样丧失了斗志。"

"那又是因为什么？"素戈呜又忍不住开始刨根问底。其实，思兼尊所言当在严肃与非严肃之间，既像蜜糖又像毒药，隐含着深不可测的吸引力。

"虽说吞饵上钩的只有鱼儿，可我年轻时也……"思兼尊那满是皱纹的脸上，瞬间掠过不曾有过的怅然若失，"可我年轻时也有过很多梦幻。"

两人后来久久地各自想着心事，凝望幽静古沼映出的春树倒影。不时有翠鸟划过水面，仿佛投石打水漂。

十三

近来，那位快活姑娘的身影依然牢固地占据着素戈鸣的心田。特别是在部落内外偶遇之时，他仍像在山腰槲树下初见那般无缘无故地脸热心跳。可她却总是目不斜视，就像不曾相识，且从不点头示意……

一天早晨，他上山时途经部落边的泉井，只

见姑娘正和三四个女子向瓦罐里舀水。泉井上方还稀疏地开着白色山茶花，枝叶婆娑。源源喷涌的泉水飞沫间光影迷离，勾勒出一道浅淡的彩虹。

姑娘正弯腰从长满青苔的井中舀水倒入瓦罐，而别人早已头顶瓦罐，在春燕飞舞穿梭间向自家走去。当他走到这里，姑娘已优雅地挺起腰肢，手提沉重的瓦罐向他瞅了一眼，嘴角不同往常地浮起一丝可人的微笑。

他仍像往常那样，难为情地微微颔首示意。姑娘将瓦罐举到头顶并注目答礼，然后也向春燕如织的村道追赶伙伴去了。他走到姑娘刚才取水的地方，用硕大的巴掌捧水喝了两三口润了润口舌。此时回想姑娘的眼神、嘴角的微笑，不知是兴奋还是害羞，他又脸红起来，免不了又是自嘲一番。

此间，女子们的披巾迎风翻飞，头顶瓦罐在朝阳中辉映着渐渐远去。可是没过多久，她们中间又爆发出欢快的笑声。而且有人步履不停地转过笑脸，并向素戈鸣投来嘲弄的目光。

幸而素戈鸣并未被那目光搅扰。不过，她们的笑声越发使他感到某种奇妙的尴尬，本已喝饱的他便又多喝了一捧水。此时，井中水面霎时间意外地投射出哆哆嗦嗦的人影。素戈鸣慌忙抬眼望去，一个手持牧鞭的青年正走向对面的白山茶树，也在朝他观望。就是前些天在草坡打架将他也搅和进去的放牛郎，他的崇拜者。

"你早啊！"牛郎讨好地笑笑，彬彬有礼地问候着。

"你早！"他突然想到，自己刚才的狼狈相也已被他看到，不禁阴沉了脸孔。

十四

可是，牛郎却漫不经心地薅着垂到泉井上方的白山茶花，并开口问道："打肿的包好了吗？"

"嗯，早就好了。"他认真地回答。

"抹过嚼碎的生米了吗？"

"抹了。你教我的办法挺灵验的。"

牛郎将薅下的山茶花撒在井中，突然又嬉笑着说："那，我再教你个绝招。"

"什么绝招？"他满腹狐疑地反问。

牛郎仍然意味深长地笑着说："请把你脖子上戴的勾玉交给我一块。"

"你要我的勾玉？你若想要，倒也可以给你。可你要这个干什么？"

"好了，别问了。你就交给我吧！我不会做坏事的。"

"不行！你不告诉我，我就不能给你。"素戋呜开始着急，生硬地拒绝了牛郎。

于是，牛郎狡黠地瞟了他一眼说："那我告诉你，你是不是喜欢刚才取水的那个十五六岁的姑娘？"

他虎着脸直直地瞪着对方的脑门儿，可心里却狼狈不堪。

"你不喜欢吗？思兼尊的外甥女。"

"哦？那是思兼尊的外甥女？"他的嗓音有些走调。

牛郎见他这模样，凯歌高奏般地笑了出来："瞧瞧！你越遮掩马脚露得越大。"

他又缄口不语，低头盯着脚旁的石头。春水冲刷的井石之间，稀疏地点缀着羊齿草嫩芽。

"所以，请你交给我一块勾玉。既然你喜欢，办法自然会有。"牛郎摆弄着牧鞭，不失时机地催促。

他的脑海中，立即鲜明地浮现出日前与思兼尊交谈时古沼边的柳絮。倘若那姑娘是长老的外甥女——他的视线从脚旁的石头挪开，仍然虎着脸说："然后，你要把勾玉怎么样？"而他的眼中，却明显地透出了从未有过的期待目光。

十五

牛郎的回答却漫不经心。"不怎么样。把它交给那姑娘，就说是你的心意啦！"

素戈呜迟疑片刻。牛郎的油嘴滑舌令他略感不快，可他自己又鼓不起勇气向姑娘袒露心声。

牛郎见他丑脸上浮现出踌躇不决的神情，故意继续冷言冷语："你要是不愿意，我也就爱莫能助了。"

两人一时沉默不语。可是没过多一会儿，素戈呜便从脖子上挂的勾玉中取下一块美丽的琅玗玉，默默地递给牛郎。那是母亲的遗物，他视如生命一般珍爱。

牛郎贪羡地看着琅玗玉说道："这块玉真精美。质地这么好的玉石可不多见。"

"这不是高天原国的玉石，是大海彼岸的工匠用了七天七夜才琢磨出来的。"他气鼓鼓地说完，就拧身大步流星离开井边。可是牛郎却托着勾玉慌忙追了过来：

"请等等！两三天之内，一定给你好消息。"

"嗯！不必着急。"

两人身着倭衣肩并肩，在燕群穿梭之间向山

中走去。身后的泉井水面上，牛郎扔下的山茶花还在滴溜溜打转。

那天傍晚，牛郎在草坡榆树下，又把素戈鸣托付的勾玉捧在手上看，并思忖着怎样接近那位姑娘。此时，一个青年腰插斑竹笛溜达着走下山来。他是部落青年中无人不知的高个美男子，拥有最精美的勾玉和手镯。

走到这里，他突然发现什么似的停下脚步，向榆树下的牛郎打招呼："喂！小伙子。"

牛郎慌忙抬起头。但他知道这风流小伙是他所崇拜的素戈鸣的对头之一，便一脸不高兴地问道："有事吗？"

"让我看看那块玉。"

牛郎苦着脸，将琅玕玉递到对方手中。

"是你的吗？"

"不，是素戈鸣尊的。"

这回是美男子不由得苦了脸："那小子总是扬扬得意地戴着它。不错，与这块玉相比，他戴的其他玉都跟顽石差不多。"

美男子口中恶言恶语，手中摆弄着琅玕玉。随后，他也舒坦地坐在树下大胆地说道："怎么样？有事好商量嘛！你做个主，把这块玉卖给我吧！"

十六

牛郎没说拒绝，却鼓着腮帮子不说话。于是对方也斜了他几眼说："卖给我，我会谢你的。你想要刀就送你刀，想要玉饰就送你玉饰……"

"那不行。那块玉是素戋呜尊托我转交别人的。"

"哦？转交别人？莫不是哪个女人吧？"对方来了兴致，腔调陡然变得认真起来。

"男的女的又有什么关系嘛！"牛郎后悔自己多嘴，不耐烦地搪塞着。

然而对方并无恼怒之意，倒做出令人生厌的和善微笑："当然没关系。虽说没关系，但毕竟是托你转交的，还不是由你说了算？换成别的玉饰又有何妨？"

牛郎又闭口不语，避开对方视线盯着草地。

"当然，可能会有点儿麻烦。不过即使摊上点儿麻烦，你却可以得到佩剑、宝玉、铠甲，甚至一匹骏马……"

"可是如果对方不接受，我就必须将它还给素戈呜尊。"

"如果对方不接受？"对方皱皱眉头，又很快恢复了和善的腔调说，"如果对方是女的，当然不会接受素戈呜的玉饰。而且这种琅玕玉并不适合年轻女人，倒不如送更华丽些的玉饰，或许更容易成事。"

牛郎开始觉得，对方此言不无道理。其实无论它多么珍贵，部落的年轻女人是否喜欢它的花色尚未可知。

"再说呢……"对方舔舔嘴唇，越发理所当然似的说下去，"再说即使不是这块，只要对方愿意接受，总比原物退回更让素戈呜高兴吧？所以呢，换一块别的玉饰对素戈呜也没什么不好。那么既然对素戈鸣也好，你又能得到佩剑和骏马，还有什么不满意的呢？"

牛郎心中清晰地浮现出双刃宝剑、水晶首饰、健硕的桃花骏马。他像躲避诱惑一般不由得紧闭双目，使劲摇了几下头。但是当他睁开眼睛时，面前依然是面含微笑的美男子。

"怎么样？这还不够吗？如果不够……那，不如到我家去一趟！刀剑和铠甲都有适合你用的，马棚里有五六匹马。"

对方极尽巧言令色之能事，然后在榆树下轻快地站起身来。牛郎仍旧默默地沉陷于踌躇之中。然而当对方走开时，他也就跟着迈出了沉重的步伐……

当他的身影完全消失在草坡脚下，一位青年慢吞吞地下了山。虽然夕阳余晖已变得黯然失色，周围早已浮起淡淡的雾霭，却一眼就能认出是素戈鸣。

他肩头搭着今天射到的两三只野鸟，悠然自得地来到榆树下歇脚，同时俯望暮色中静卧着的部落屋顶。随后，他嘴角绽开了由衷的幸福微笑。

对刚才发生的事一无所知的素戈鸣，心中又浮现出那个快活姑娘的倩影。

十七

素戈鸣日复一日等待牛郎的回信，可是牛郎却并不那么轻易地前来报喜。非但如此，不知是故意还是偶然，从那以后牛郎几乎不与素戈鸣见面。他自己猜想，也许是牛郎计划失败而羞于相告，可转念又想，也许是没有机会接近那个姑娘。

一天清晨，他与那个姑娘在泉井边碰面。姑娘照例头顶瓦罐，同四五个女子正要离开白山茶树下。可当看到他时，突然撇撇嘴唇，水汪汪的双眸浮现出轻蔑的神情，并先自昂然走过他的身边。他仍如往常一样红了脸膛，且莫名其妙地体味到一种强加于人的不快。

"我真傻，那姑娘下辈子也不会做我的妻子。"

这种近乎绝望的想法，在他心中挥之不去。但是牛郎并未带来否定的消息，让这个心地善良的人留有一线希望。从此，他寄一切希望于永不可知的答案，再不曾痛苦过。他暗下决心，暂时不去泉井。

然而，某日傍晚他走在天安河滩时，巧遇牛郎正在洗马。牛郎显然对此巧遇颇感尴尬，素戈呜也觉得有话难以启齿。他站在落日余晖下朦胧模糊的艾蒿丛中，注视着淋水发光的黑马。但这种沉默渐渐令他烦闷难堪。为了打破僵局，他指着面前的黑马先自发问："真是一匹好马！主人是谁？"

出乎意料的是，牛郎闪着得意的目光回答："是我。"

"是吗？那可真……"他咽下了溢美之词，又像刚才那样沉默不语。

牛郎也不能继续装痴卖傻，迟疑着支支吾吾道："前些日子，我收了你那块玉饰……"

"嗯！你转交给她了吗？"他眼中荡漾着孩童

般纯真的情感。牛郎看到这双眼睛慌忙挪开视线，故意斥骂躁动的黑马："啊，转交了。"

"是吗？那我就放心了。"

"不过……"

"不过？不过什么？"

"她说还不能答复。"

"没事儿，不必着急。"素戈鸣朗声回答。随后便像忘了牛郎那回事儿似的，沿着初春暮色暧靆的河滩向来路走去。他的心中涌起前所未有的幸福感。河滩的艾蒿、天空以及空中正在欢唱的云雀，一切仿佛都朝着他欢笑。他昂首阔步，不时地向隐现于薄霭中的云雀搭话。

"喂，云雀！你是不是羡慕我？不羡慕？骗人！那你为什么那样欢唱？云雀！喂，云雀！回答我！……"

十八

其后五六天中，素戈鸣都过着真正意义上的幸福日子。但由此开始，部落中流传起作者不详的新小调。内容是丑乌鸦爱慕美丽的白天鹅，成了所有飞禽的笑料。听到人们唱小调，他感到从前那轮幸福的太阳笼罩了乌云。

然而，尽管心神无定，他却仍旧未从幸福梦幻中惊醒过来。美丽的白天鹅必将接受丑乌鸦的爱恋，所有的飞禽都不会再讥笑他愚蠢，反倒羡慕甚至嫉妒他的幸福。他坚信这一点。至少，他感到自己无法置疑。

所以他再次见到牛郎时，似乎只愿听到同样的答案。他却只轻描淡写地问："那块琅玕玉，真的转交了吧？"牛郎仍旧尴尬地含糊其词："啊，真的转交了。但还是没有答复……"即便如此，他对"真的转交了"这句话也已心满意足，且再不深究。

三四天后的夜晚，他去山里掏鸟窝。所幸月

朗星稀，他独自漫步在部落大道上。此时有人起劲地吹着竹笛，慢悠悠地从淡薄的暮霭中走来。素戈鸣自幼粗野成性，对歌谣音乐毫无兴趣。但在暖春月夜里，在灌木丛花香弥漫中聆听渐近的笛声，却感到风雅曼妙。

不久他与那人面对面近在咫尺。对方虽已照面却仍然吹笛不止。他一边让路一边借着当空皓月打量着对方：俊美的容颜，华丽的玉饰，还有横在嘴边的斑竹笛……无疑是那高个风流的美男子。

素戈鸣当然知道，他对粗野成性的自己向来轻蔑不屑，且是冤家对头之一，本想昂首挺胸不理不睬。可当擦肩而过时，美男子身上的物件却再次吸引了他的目光。凝眸细看，对方胸前挂着的正是母亲的遗物——琅玕玉。美玉沐浴着清洌的月光，放射着冷艳的清辉。

"站住！"他闪电般伸出手臂，死死地揪住对方的领口。

"你干什么！"美男子不禁打个趔趄，使出全身力气就想摆脱。可素戈呜的大手犹如虎爪，怎么挣扎都无济于事。

十九

"你小子，这块玉是哪儿来的？"素戈呜箍住对方脖颈，咬牙切齿地问道。

"放开我，嗨！你干什么？快放开！"

"你小子不说清楚我就不放。"

"你要是不放……"美男子见素戈呜不放手，抢起斑竹笛横扫过去。素戈呜此手不松，抬起空手一挡一扭，毫不费力地将笛子夺下。

"快说实话，要不我勒死你！"素戈呜早已怒不可遏。

"这块玉饰……是我……用马换来的。"

"胡说！这是我给……"不知何故，"那个姑娘"这句话卡在了他的喉咙里。他向对方苍白的脸上喷吐着滚烫的怒气，又一怒吼，"胡说！"

"快放开！你小子……啊，我喘不过气了……你说要放开的，你小子才胡说！"

"你有证据吗？"

此时，美男子拼命挣扎着挤出一句话："你去问问那小子！"怒火冲天的素戈呜恍然省悟，"那小子"就是牛郎。

"好吧！那我就去问问。"素戈呜说走就走。他一把拉起美男子，就向不远处牛郎独居的小屋走去。美男子一路上拼命地想扳开素戈呜的手，但那虎爪犹如铁钳般箍紧了他的脖子，怎么敲打都不松开。

夜空中春月高悬，大路上依然弥漫着灌木花的清淡甜香。素戈呜心中却似暴风骤雨的天空，愤怒和嫉妒的雷电撕开了翻腾的疑惑云团。欺骗自己的是那姑娘还是牛郎？要不就是这小子玩弄手段，从姑娘那里把玉饰敲诈到手……

他拖着美男子，终于来到小屋前。看来主人没睡，小屋里一灯如豆。从苇帘缝隙泄出微光，与檐前月华交织融会。来到门口，美男子为脱身而做的最后努力终于成功。

骤然间，一股神妙的旋风席卷美男子的面门，使他整个身体飘在空中。只觉得周围霎时漆黑一团，冥冥中似有火花四溅——来到门口的同时，他就像狗崽一般，被轻而易举地倒栽葱扔进了遮挡月光的门帘里。

二十

屋里，牛郎在陶制油灯下熬夜编草鞋。他惊诧地听到门口有人声动静，赶忙住手侧耳倾听。突然檐下苇帘在夜幕中剧烈翻卷，一个小伙仰面朝天地摔在稻草窝里。

他顿时吓得魂飞魄散，愣怔着盘腿坐着不动，惶惑地望着撞飞了半边儿的苇帘外面。此时灯光映出了满面怒色的素戈呜，小山一般地堵在门口。牛郎看到素戈呜，顿时面如土色，只把目光在小屋里溜来溜去。

素戋呜风风火火地走到牛郎面前，死死盯着他狠狠地问道："喂，你小子说过，真把我的玉饰转交给那姑娘了，对吧？"

牛郎没有答话。

"那块玉挂在这个男人的脖子上，到底是怎么回事？"素戋呜烈焰燃烧般的目光转向美男子。他仍躺在稻草窝里二目紧闭，不知是昏厥过去了还是装死。

"你说转交了，是骗我的吧？"

"不，不是骗你。真的，真的！"牛郎这才拼命地辩解起来，"就是真的……不过转交的不是琅玕玉而是珊瑚……珊瑚管玉……"

"为什么要这样？"素戋呜吼声如雷，已从精神上击溃惊慌失措的牛郎。牛郎终于把美男子花言巧语蒙骗、以珊瑚换琅玕，以黑马为谢礼的经过，毫无保留地交代出来。听牛郎说完，素戋呜欲泣欲嚎，恼羞汇成风暴冲击着他的五脏六腑，令他窒息。

"你不是说把那玉转交了吗？"

"转交了。但是……"牛郎欲言又止，"虽然转交了，可那姑娘……那样的姑娘……说天鹅怎能配乌鸦……话说得很难听……她不接受……"

牛郎话未说完早被踢翻在地，紧接着硕大的铁拳砸在了头顶。同时灯碗震落在稻草上，立刻燃起熊熊烈火。牛郎的毛腿被火烧燎，惨叫着一骨碌爬起，撅着屁股拼命地向屋后逃去。

狂暴的素戈鸣犹如受伤的野猪猛然扑了上去，不，正要扑上去时，脚下倒着的美男子起身拔剑，半跪在火海中疯狂地朝素戈鸣的腿部横砍过去。

二十一

剑光映入眼底，砰然激活了素戈鸣心中长眠的嗜血野性。他迅速缩腿跃起，躲过对手的武器，并刷地拔出腰间利剑，发出牛一般的吼叫。吼声未落，利剑已接二连三地劈向对手。滚滚浓烟中两剑相撞迸出耀眼火花，炸响着刺耳的铿锵。

美男子毕竟不是他的对手。素戈鸣的利剑纵横捭阖，剑剑追命。只几个回合，就几乎取下对手的人头。此时，突然不知何处飞来一只瓦罐直奔他的头颅。幸好未能击中，落在脚旁摔得粉碎。他一边挥剑继续交锋，一边怒目圆睁急速地环视屋内。却见屋后苇帘门前站着刚才逃窜的牛郎，正瞪着红眼搬起大木桶要救对手于险境之中。

他又一声怒吼，在牛郎抛出木桶之前将全力凝聚于剑端劈向对方的脑门。但此时大木桶已飞过火焰，呼啸着砸在他的头上。他不禁眼冒金星，脚下踉跄，仿若风中旗杆摇摇欲倒。美男子趁机奋力跃起，一手捅开火帘一手提剑，一溜烟地向屋外春月下宁静的夜幕逃遁而去。

素戈鸣紧咬牙关，好不容易才站稳脚跟。但当他睁眼再看时，烟火弥漫的屋里已无他人。"跑了？不成，你想跑我还不让你跑。"

尽管头发和衣服都着了火，他还是挥剑撩去门帘跌跌撞撞来到屋外。月华之中更有屋顶烈焰照耀，大路亮如白昼。路上已经黑压压地站满从各家走出的人群。不仅如此，看到他提剑冲出，人群顿时骚动起来。"素戈呜！素戈呜！"喊声越发响亮。嘈杂声中，他怔怔地伫立片刻。在他失去理智、杀气腾腾的心中，近乎狂乱的神经已失去了控制。

大路上人越聚越多，慌乱的叫喊渐渐带上憎恶的腔调。

"杀死放火的家伙！"

"杀死强盗！"

"杀死素戈呜！"

二十二

此时，部落后方草坡榆树下，胡须长长的长老仰望当空明月缓缓坐下。幽静的春夜里，灌木花的清香包裹在温柔的暮霭之中。猫头鹰的叫声仿佛大山在长吁短叹，令满天稀疏的星光更加朦胧。

然而此时，山下部落中意外地吐出一柱浓烟，笔直地向无风的空中升去。虽然看到烟雾中腾起了火星，长老却仍旧抱拢双膝安然地哼着歌谣，并未流露丝毫惊恐。但部落中很快传来蜂窝倾覆般的吵嚷，渐渐演变成了喧嚣，又演变成了激战的呐喊。老人似乎也感到事态非同寻常，皱着雪白的双眉慢慢站起，双手搭在耳旁，凝神倾听部落中不期而发的骚乱。

"不对劲，似乎还有刀剑之声。"长老喃喃自语，出神地观望着火星飞溅、直上夜空的烟柱。

没过多久，七八个从部落里出逃的男女气喘吁吁地爬上草坡。有不到十岁、披头散发的孩童，有好像刚从酣睡中惊醒、衣衫不整露出皮肤的姑娘，还有弯弓般佝偻着腰、行动不便的老婆婆。

来到草坡，他们不约而同地停下脚步，回头俯望部落中炙烤夜空的火光。早有一人发觉榆树下伫立的长老，立刻面露焦虑地靠近他。随着"思兼尊！思兼尊"的呼唤，这群老弱妇孺中传出一片哀叹之声。一位夜色下愈显姣美的姑娘喊了一声"舅舅",就向转过身的长老轻盈走来。

"那是怎么回事?"思兼尊向大家问道。他仍霜眉紧锁,一手揽住姑娘依偎过来的肩膀。

"素戈鸣尊,不知怎的突然闹腾起来!"答话者并非那快活的姑娘,而是人群中一位连鼻子眼睛都看不清的老婆婆。

"什么?素戈鸣尊闹腾起来了?"

"是的。后来很多年轻人想把他捆起来,但向着他的人却不让,因此酿成多年不见的大恶斗。"

思兼尊目光深沉,望望部落冒起的浓烟,又看看依偎在胸前的姑娘。纷乱鬓发中,那脸庞在月光下苍白得近乎透明。

"玩火的人要当心……不只是素戈鸣尊,玩火的人都要当心啊!……"长老满是皱纹的脸上现出苦笑,远望着蔓延的火舌,抚摸着沉默并颤抖着的外甥女的秀发安慰道。

二十三

部落里的恶斗持续到翌晨。素戈鸣寡不敌众，终于和自己的同伙被对手生擒。平日对他心怀不满的众小伙将他五花大绑，滥施酷刑。拳脚相加之下他在地上来回打滚，发出牛叫般的怒吼。

部落的老少全体提出，按村规将其杀掉以命抵罪。可是，思兼尊和手力雄尊两位权威却不轻言赞同。手力雄尊虽然痛恨素戈鸣的罪行，但又对他的非凡功力怀有爱才之心。出于同样理由，思兼尊也不愿轻易处死本领非凡的年轻人。长老不仅反对杀他，且对任何杀生之举都怀有极端的憎恶……

部落的老少为给他定罪争论了三天，但两位长老无论如何仍力主己见。他们只好免定死罪，代之以流放之刑。然而将他送往广阔天地无异于放虎归山，他们仍难赞同如此宽大的处置。于是先将他的胡须一根不留地薅掉，然后毫不留情地将他的手足指甲全都拔掉。松绑之后趁他手脚麻木时用石块砸他，放出剽悍猎犬撕咬他。遍体鳞伤的素戈呜不敢停留，踉踉跄跄地逃出了部落。

两天之后，他越过了环抱高天原国的群山。下午，天空呈现出怪异的景象。他来到山顶，登上嶙峋的石丛，想眺望坐落着熟悉的部落的盆地。可眼前蒙上了灰白的云海，只能隐约望见部落所在的平地。他又身披朝霞，长久地端坐在岩石上。

此时峡谷的山风一如既往地向他耳边送来熟悉的窃窃私语："素戈呜啊！你在寻觅何物？跟我来吧！跟我来吧！素戈呜啊！"

他终于站起身来，然后缓缓地下山，向未知的国度走去。

朝霞的嫣红消失，滴滴答答落下雨来。他身上只有一件单衣。不消说，玉饰和佩刀皆被抢走。雨越下越猛，敲打着这个流放之人。山风横扫，时时将衣襟贴在裸露的腿脚。他咬紧牙关，死盯着脚尖蹒跚前行。

其实他只可看到脚下重叠的岩石，此外便是幽闭着峰峦峡谷的灰雾。雾中只可听到远近各处的喧腾，未知是风雨声还是山涧流水声。然而在他心中，还有更加暴烈、孤闷的怒火在熊熊燃烧。

二十四

走着走着，脚下岩石表面有了湿漉漉的青苔。再向前走，青苔变成了深厚茂盛的羊齿草。后来，他走进了高高的山白竹丛……不觉之间，素戋鸣已走进山腰的茂密森林。

森林漫无边际，风雨依然不止。冷杉、铁杉的枝梢在高空搅动着灰雾，发出痛苦的嘶鸣。他拨开竹丛盲目向下冲去。竹丛随之将他吞没，不停地甩动濡湿的叶片。整个森林仿佛已被激活，千方百计地阻挡他的去路。

他一刻不停地前进，心中怒火依然旺盛。尽管如此，这片风雨交加的森林中仍似蕴藏着唤起狂暴喜悦的力量。他更加奋勇地挥动臂膀拨开草木藤蔓，不时高声呐喊着回应狂风暴雨的呼啸。

正午刚过，他终于被一道峡谷激流阻挡了突进的脚步。汹涌河水的对岸，是刀劈斧剁般的峭壁。于是，他拨开竹丛沿河岸前进。行走不久，来到水雾雨帘中一座通向对岸峭壁的、摇摇欲坠的藤萝吊桥边。

对岸绝壁之上，有几个吐着炊烟的大山洞。他毫不迟疑地走过藤桥，朝其中一个洞中看去。里面有两个女人坐在炉火前，都被炉火映照得红彤彤的，像画中人物一般，一个是猴子模样的老婆婆，另一个看来年纪尚轻。看到他出现在洞口，两人同时惊叫一声就要往岩洞深处跑。他看出洞中没有别的男人，立刻冲进洞中先轻而易举地抓住老婆婆。

年轻女子伸手从岩壁上抽出短刀，猛地刺向他的胸口，被他单掌一挥打落在地。女子又拔出长剑顽强地进攻，可长剑也在一瞬间被打落在地，铿锵有声。他捡起长剑，当着她们的面牙咬剑峰，并不费吹灰之力地一折两段，然后，挑战似的冷眼笑看对方。

女子本已手握利斧准备第三次进攻，见他折断长剑便马上撇开利斧，伏在地上求饶。

"我饿了，弄点儿吃的！"他松手放开猴子般模样的老婆婆，随即四平八稳地走到炉火前盘腿坐下。两个女人照他的吩咐，默不作声地开始准备饭菜。

二十五

洞中格外宽敞。岩壁上挂着各式武器，全在炉火的映照下放射着华丽光彩。地上铺着好多鹿皮、熊皮。且不知何处飘来淡甜香，融汇在温暖宜人的空气中。

不一会儿，饭菜备妥。有野兽的肉、山涧的鱼、森林的果实，还有干贝，满满地盛在盘子里、杯碗里，摆在了他的面前。他坐到炉火前，便唤年轻女子斟酒。来到近前看得真切，她是一位冰肌玉肤、秀发浓密的动人女子。

他像野兽般大吃大喝，眼看杯盘即空空如也。女子见他食量如牛，便孩童般地微笑起来。此时，无论如何也找不到一丝刀剑相加的勇猛凶悍了。

"好啦！肚子饱了，该给一件穿的了！"酒足饭饱的他说着，又大大地打了个哈欠。女子到里面取来丝绸衣裳。他从未见过这种刺绣了精美图案的衣裳。穿戴停当，他从岩壁上挂着的武器中取下一把方头柄长刀系在左腰上，然后又回到炉旁盘腿坐下。

"还有什么吩咐？"片刻之后，女子畏畏缩缩地过来问道。

"我等你丈夫回来。"

"等我丈……你打算干什么？"

"我要跟他比武，我不想落个恫吓女人的强盗名声。"

女子拂起遮在脸前的秀发，露出鲜明的微笑："那你可等不到，因为我就是此地主人。"

素戈呜大吃一惊，不禁瞪圆了眼睛："一个男人都没有？"

"一个都没有。"

"这附近的山洞里呢？"

"都是我的妹妹们，两三个人住一家。"

他沮丧着脸，使劲摇了几下头。火光、兽皮，还有岩壁上的刀剑，他觉得都像是怪异的梦幻。特别是这位年轻女子，披挂着绚丽的项链和佩剑，宛如仙山公主。不过，冒着疾风骤雨在深山老林中长途跋涉之后，坐在这无须担惊受怕的温暖洞穴之中，无疑是轻松畅快的。

"你的妹妹多吗？"

"有十五个。现在阿婆去叫她们都来见你。"

怪不得，那位猴子模样的阿婆不时何时已经离开。

二十六

素戈呜抱着双膝，呆呆地聆听着洞外的风雨轰鸣。此时，那女子向炉中添着薪柴，说道："请问贵姓大名？我是大气都公主。""我是素戈呜。"当他自报家门时，对方满目惊疑，重又将这个丑陋粗野的小伙打量了一番，显然对这个名字并不陌生。

"那你以前住在山那边的高天原国吧？"

他默默地点点头。

"听说高天原国是个好地方。"

听到此话，他心中平息一时的怒火又在双目中燃烧起来："高天原国吗？那里的老鼠比野猪还厉害。"

公主莞尔一笑，火光辉映着姣美皓齿。

"这个地方叫什么名字？"他故作冷淡地岔开了话题。

公主却面含微笑，凝眸注视着他宽厚的肩膀默不作声。他不耐烦地蹙动眉头再问一遍，公主这才像回过神来，双眸现出妩媚答道："这里嘛，这里是野猪比老鼠厉害的地方。"

此时忽然人声骚然，老婆婆领着十五位年轻女子，不畏风雨地来到洞中。她们全都略施粉黛，乌发高盘。一个个与公主亲切寒暄之后，熟不拘礼地坐在目瞪口呆的素戈鸣周围。项链的色彩，耳环的光影，还有丝绢服饰的窸窣之声……这一切占满了熠熠薪炎的洞厅，令他骤然感到略嫌拥挤。

十六位女子很快将他团团围住，与此深山大不相称的欢乐酒宴开场了。起先他还像哑巴似的不停喝干敬给他的水酒，可当醉意蒙眬时，却又嗷嗷大叫有说有笑起来。女人们有的碧玉点妆，妙手抚琴，有的斟酒举杯，恋歌娇吟。洞厅中回荡着莺歌曼曲。

弹唱说笑之间，天已入夜。阿婆往炉灶里加了薪柴，又点着了多盏油灯。亮如白昼的灯火之中他已烂醉如泥，任凭前后左右周旋的女子们摆布。十六位女子不时为他你抢我夺，娇嗔之声四起。然而每次都是大公主不顾妹妹们嗔怒，只管独占素戈鸣。素戈鸣早已将风雨、群山还有那高天原国忘得一干二净，彻底沉迷于洞厅里弥漫的脂粉气中。只有那位猴子模样的阿婆，在欢宴高潮中静静地蹲在一个角落，向十六位女子的放浪醉态投去嘲弄的媚眼。

二十七

夜深了。空盘空碗不时滚落在地，发出刺耳的碰撞声，地铺上的兽皮也被桌面不停流落的酒滴淋得透湿。十六位女子几乎都没了正形，口中只有傻笑声和难受的叹息。

最后阿婆站起身来，将明亮的灯火一盏盏熄灭，只剩炉灶里即将燃尽的炭火。微光朦胧，映照着被十六位女子肆虐着的、魁梧如山的素戈鸣。

翌日，当他醒来时发现，自己独自躺在洞厅深处铺了丝绸毛皮的寝榻中。寝榻已不是草垫，而是堆得厚厚的桃花。昨夜洞内弥漫着妙不可言的淡淡甜香，无疑是从桃花中散发出来的。他口中哼哼着，双眼只顾呆呆地望着洞顶。于是，昨晚癫狂的记忆梦幻般浮现在眼前。同时，心底莫名其妙地生出恼怒之情。

"畜生！"素戈鸣低吼着猛然从寝榻上跳起，桃花随即漫空飞散。

洞厅中那位阿婆正埋头做早饭。大公主不见人影，不知去向。他急忙穿了鞋，并将方头柄长刀系在腰间，也不理睬与他寒暄的阿婆，便大步走向洞外。

微风很快将他脑袋里的宿醉吹散，他叉着双臂，眺望峡谷对面在春风中摇曳的林梢。林梢上方高耸着峰峦。云雾缭绕的山腰之上是裸露的巉岩。旭日照耀之下，巍峨群山似在一边俯视着他，一边无声地嘲笑他昨晚的丑态。

遥望着群山和森林，他突然感到洞中氛围格外令人作呕。现在的他，只觉得那炉火、那酒菜，还有那寝榻上的桃花，全都充满了可憎的腐败气味。尤其是那十六位女子，他觉得她们都是巧扮红粉、掩饰污秽的行尸走肉。他在群山面前不禁仰天长叹，随即耷拉着脑袋向洞前藤桥走去。

可就在此时，欢闹的笑声在幽静峡谷中回荡起来，焕发着勃勃生气传入耳中。他身不由己地停下脚步，回头循声望去。只见从洞前小径的另一端走来那十六位女子。领头的大气都公主比昨天更加妩媚动人。她很快发现了他的身影，急切地朝这边赶来，直踢得裙裾翩然翻飞，令人眼花缭乱。

"素戈呜尊！素戈呜尊！"

她们像小鸟欢歌般齐声呼唤，那美妙的嗓音命中注定般使抬脚迈向藤桥的素戈呜意乱情迷。他惊诧于自己的心猿意马，不觉之间却又满脸堆笑地驻足等待。

二十八

从那以后，素戈呜就在这温暖如春的洞厅中，与十六位女子享受着放纵的生活。一个月的时光就在玩乐中转眼度过。

他每天吃喝玩乐，还去溪谷中钓鱼。上游有瀑布，瀑布周围有四季常开的桃花。十六位女子每天一早都到瀑布前，在桃花香气熏染的水潭中沐浴。有时他也与她们一起拨开山白竹丛，走到很远的上游去沐浴。

此间，雄伟的山峰、峡谷、对面的森林渐渐与他失去交流，变成垂死的大自然。虽然他朝夕呼吸着幽静峡谷的空气，却已毫无感激之情。而且，他对此种心理变化毫不介意，所以才心安理得地每日花天酒地，享受着梦幻般的幸福。

然而某夜在梦中，他又一次站在山顶石林上眺望高天原国。那里阳光普照，宽阔的天安河面宛如烧红的长刀闪闪发光。他迎着劲风凝望山下景色，胸中突然充满无以言表的孤寂。随即，他不禁放声痛哭起来。他被自己的哭声惊醒，发现脸颊还留着冰凉的泪痕。他起身环视炉灶微光映照的洞厅，只见同一张桃花榻上，酒气熏天的大公主正在酣睡。尽管这对他毫不新鲜，看上去她的容貌也丝毫未变，但与垂死的老太婆别无两样。

他恐惧并厌恶得浑身颤抖，咬紧牙关悄悄溜下余温尚存的寝榻。随即迅速穿戴停当，蹑手蹑脚地潜出洞外，连那猴子模样的老太婆都没察觉。

洞外漆黑一片，只能听到溪谷中湍流在轰鸣。他走过藤桥，立刻像野兽一般钻进山白竹丛，向着枝不摇叶不动的密林深处进发。点点星光，冷冷凝露，苔藓的腥味和猫头鹰的眼睛……这一切都令他感到前所未有的飒爽豪迈。

他义无反顾地走到了天亮。森林的黎明真美。当铁杉、冷杉那昏暗的枝梢上空被朝霞染得火红时，他多少次放声高呼，庆贺自己逃离魔窟的幸运。

不久，太阳当空照耀。他仰望树梢栖息的绿鸠，后悔忘了携带弓箭。不过，山中到处都有足够充饥的野果。

夕阳西斜时分，他孤苦地待在陡峭崖角。崖下针叶树冠错落有致。他坐在崖角眺望沉向峡谷的红日，怀念那昏暗洞厅岩壁上挂着的剑斧。此时，他听到群山那边传来十六位女子的笑声，那是充满了难以想象的神奇诱惑的幻觉。他定睛凝望暮色苍茫的山岩和森林，拼命地抵抗着那些诱惑。然而洞厅灶火旁那段回忆，却如同无形的大网将他的心田紧紧罩牢。

二十九

一天之后，素戈鸣又回到了那座洞厅。十六位女子似乎对他的出逃一无所知，无论怎么琢磨，那种漠不关心都不像是装模作样。或不如说，她们仿佛生来就具备了不可猜解的麻木。

此种麻木曾令他苦恼。但时过一月之后，他反因此种麻木而更加心安理得地沉湎于永不苏醒的、迷醉般的怪异幸福之中。

一年光景又梦幻般逝去。

后来有一天，女子们不知从哪儿带回一只狗

在洞中豢养。这只狗浑身乌黑，大如牛犊。她们非常喜爱，特别是大公主，拿它当人疼爱。素戈鸣起先也同她们一样把盘子里的鱼肉或兽肉扔给它吃，有时酒后还跟狗玩相扑。黑狗常常直立起来，将烂醉的他扑倒在地。每到此时，她们就拍手起哄，嘲笑他蠢笨无能。

黑狗一天天愈加受宠，终于发展到每顿饭大公主都将同样的杯盘放在黑狗面前。有一次，他曾决心板起脸来将狗撵走。大公主却美眸失色，一反常态地责备他横行霸道。他已丧失了冒犯众怒与黑狗计较的勇气，只得与其共餐共饮。黑狗似乎觉察到他的反感，总是舔着盘子冲他龇牙咧嘴。

如此尚能忍受。一天早上，他比她们晚到瀑布浴场。虽然季节临近夏天，那一带的桃花却仍在溪谷雾中盛开。他拨开山白竹丛，想跳入漂着桃花瓣的水潭。此时眼中意外地映入潭中沐浴着的 ×××××（原文此处阙如，下同）黑兽活动的景象。×××××××××××。他立刻拔出腰间长刀刺向黑狗。但女子们却护着黑狗，使素戈呜无法下手。黑狗趁机浑身滴着水蹿上岸，逃回了山洞。

从那以后，十六位女子每晚在酒宴上拼命争夺的不是素戈呜，而是黑狗。素戈呜蹲在角落里整夜闷头喝酒，醉了就伤心落泪。他胸中妒火万丈，却丝毫没有意识到自己的浅薄。

一天夜里，他又在洞厅一角捂脸哭泣。忽觉有人悄悄靠近，用双臂将他搂住并嗲声嗲气地绵言软语。他惊讶地抬起双眼，借着远处油灯的微光察看对方，立刻怒吼一声猛然将其推开。对方毫无抵抗地摔倒在地，发出痛苦的呻吟……那正是连腰都直不起来的猴子模样的老婆婆。

三十

推倒老婆婆的素戈呜泪流满面，紧蹙双眉像猛虎般立起身来。嫉妒、愤怒和屈辱在心中交织沸腾。看到眼前与黑狗狎戏的十六位女子，立刻拔刀不顾一切地冲向她们。

黑狗慌忙翻身，总算躲过刺来的长刀。与此同时，女子们从两旁扑来，扯住暴跳如雷的素戈呜。但他挥开那些纤手玉臂，将刀锋再度刺向黑狗。

然而长刀未能刺中黑狗，却刺中了前来夺刀的大公主胸口。她痛苦地呻吟着仰面倒下，其他女子见状尖声惨叫，四散逃窜。霎时间灯台倒地声、刺耳的犬吠声、杯盘摔碎声四起……刚才还在欢声笑语的群芳佳丽，眼下却似骤然炸窝的马蜂。

素戈呜不敢相信自己的眼睛，呆立片刻，又赶忙撒下长刀，双手抱头发出痛苦的低吼，旋即如弓箭离弦般抢出洞外。

夜空中，一轮春月挥洒着朦胧青光。森林向空中交错着黑魆魆的枝杈，阴郁地封盖了峡谷，仿佛在等待厄运的到来。素戈呜耳目无物般地持续奔走。漫无边际的山白竹丛犹如波浪起伏，弹射着露珠似欲将他吞没。不时有夜鸟蹿跳出来，翅膀闪烁着磷光爬上静止的树梢。

拂晓时分，他发现自己来到大湖的岸边。阴沉的天空下，铅板似的湖面平无波纹。周围高耸的群山呈现出苦闷夏季的墨绿，对于刚刚缓过神的他来说，几乎就是永远无法治愈的忧郁。他拨开岸边的山白竹来到干燥的沙滩上，然后坐下抬眼展望空旷的湖面。远处漂浮着一两只鹈鹕的身影。

此时他心中骤然涌起一阵悲伤——在高天原国时曾以众青年为敌，而现在一只狗又成了他的死敌……他双手捂脸恸哭了很久。

此间天色剧变，横亘对岸的群山上空划过两三道龙爪闪电，接着传来隆隆雷声。他仍然坐在沙滩上大恸不止。不久，狂风裹挟着暴雨席卷岸边竹丛。湖面顿时昏暗如夜，波涛汹涌。

雷声一阵紧似一阵。对岸群山开始被雨雾笼罩，林中也喧嚣起来。一度昏暗了的湖面，眼看着又从对面泛起白光，素戋鸣这才抬起头来。此时犹如天河翻了个儿，倾盆大雨瀑布般向他兜头泼来。

三十一

对岸群山已浑然不见，湖面在云烟中时隐时现。只是每当闪电划破乌云的瞬间，才能远望巨浪排空的湖面。而此刻必然炸响一连串撕裂长空的惊雷。

素戈鸣已被浇得湿透，却仍然不想离开沙滩。他的心已沉入比天空还要晦暗的深渊，那里全是对肮脏至极的自我的愤懑。如今就连彻底宣泄愤懑的气力——以头撞树、投身湖底这类一举毁灭自己的最后气力都已消耗殆尽。他身心犹如千疮百孔的破船，无助地颠簸在惊涛骇浪之间。他只能默然呆坐，任凭激起白雾的暴雨冲刷。

天色越发昏暗，风雨也更加狂暴。突然，眼前的一切变成亮闪闪的淡紫色，群山、乌云、湖泊都似飘在了半空。紧接着，一声地轴崩裂般的落雷炸响耳畔。他身不由己，像要蹿跳起来，却又扑倒在地。暴雨没头没脑地朝匍匐着的他倾泻，他却把半边脸颊埋在沙中纹丝不动。

几小时过后他从昏迷中醒来，缓缓地从沙滩上站起。宁静的湖面仿若油池一般在眼前展开。空中云团迷乱，只有一束阳光如同绵长的金丝带恰巧落在对岸山顶。只有那束光芒照耀之处，呈现着鲜亮的金绿色。

他茫然抬眼，注视着温存平和的大自然。天空、森林、雨后的空气，这一切对于他仿佛往日梦中的景象，充满了令人怀念的闲适。"在那群山之中，隐藏着我已忘却的东西。"他苦苦思索，长久而贪婪地眺望着山峦与湖泊。但无论怎样追忆遥远的过去，他都很难想透那到底是什么。

时过良久，云游影动。环绕他的群山，须臾之间洒满了盛夏的阳光。覆盖群山的满目葱绿，立刻被波平如镜的湖面映照得分外妖娆。此时，他感到心底传出异样的悸动。他屏气凝神侧耳倾听，从层峦叠嶂的群山深处，传来曾一度忘怀的大自然的召唤，犹如无声的惊雷。

他欢喜得浑身战栗不止，他战栗着折服于大自然召唤的威力。最后，他趴在沙滩上拼命地堵住耳朵，而大自然却仍然滔滔不绝，他除了洗耳恭听，别无选择。

湖面闪耀着粼粼波光，生机勃发地响应着大自然的倾诉。他——趴在沙滩上的一介匹夫，忽而痛哭流涕，忽而喜笑颜开。来自群山的召唤却毫不理会他的悲喜交集，仿佛无形的波涛一般，不断地从他头顶滚过。

三十二

素戈鸣下湖沐浴，洗去全身污渍，然后来到岸边巨大的冷杉树荫下，进入了久违的甜美梦乡。梦幻恍若盛夏天空深处飘来的翎羽，娴静无声地落在他身上……

梦境之中黯然昏沉，一棵伟岸的枯树在面前伸展枝丫。

此时，一位不明来历的彪形大汉向他走来。虽然脸孔模糊难辨，但看一眼剑柄隐现着金光的龙头便知，其腰间佩戴的是雕饰着金龙的高丽剑。

彪形大汉拔剑一举刺透枯树根部，深达剑柄。素戈鸣对其非凡功力惊叹不已。此时耳畔响起一阵嘀咕声："那位大汉是火雷命。"

大汉静静抬手向他打个招呼，手势像在叫他将高丽剑拔出。此时，他猛然从梦中惊醒。

他愣愣怔怔坐起身来，只见冷杉树在微风中轻摇，顶梢上空早已撒下满天繁星。四周除了泛白的湖面，只有回响着山白竹喊嚓声、弥漫着苔腥味的暮色。他回想着刚才的怪梦，漫不经心地向那边望去。

只见十步开外，有一棵与梦中相同的枯树。他不假思索地走上前去。

枯树无疑是被刚才那颗落雷劈裂的，根部散

乱着一大片残枝落叶。他脚踏枝叶，方知此梦非梦——枯树根部真的贯通着一口高丽剑。雕饰着金龙的剑柄，连护手都刺入了木头。

他双手紧握剑柄，使出九牛二虎之力一举拔出剑身。高丽剑仿佛才经磨砺，自剑根至尖锋都闪耀着逼人的寒光。"神灵在护佑我。"想到这里，他心中重又鼓起勇气，跪在枯树下向天界诸神叩拜祈祷。

然后他又回到冷杉树下，紧搂宝剑再次沉沉入睡。三天三夜，像死去一般地沉睡。

素戈鸣苏醒之后，为了清洁身体再次来到湖畔沙滩。风平浪静的湖水清澄透彻，波平如镜，鲜明地映射出他伫立岸边的倒影。他已恢复了高天原国时身强志坚的模样，一副俨如丑神的面孔。不过，曾几何时，他的眼圈下已铭刻了历经一年悲哀苦涩的皱纹。

三十三

从此，他独自一人或横渡海峡或翻越崇山峻岭，走遍了列岛诸国。但是无论哪个国度或部落，都不值得他流连。尽管国名不同，但居民的心地却与高天原国相差无几。

他——已对高天原国毫无眷恋的他，对那些国度虽曾慷慨相助，但从未想过归化其国，直至寿终正寝。"素戋呜啊！你在寻觅什么？跟我走吧！跟我走吧……"

耳畔萦绕着风的呼唤。他离开那个湖泊，已漫无目标地漂泊了七年。第七年的夏天，他出现在出云国簸川溯流而上的独木舟帆下。此时，他正枯燥乏味地望着芦苇茂密的簸川两岸。

苇丛尽头，山间长满茂盛的高大松树。密密匝匝相互挤压的松枝上方，是云蒸雾绕的阴郁群峰。群峰上空，不时有两三只白鹭拍动炫目的银翅斜穿视野翩翩远去。白鹭的身影消失后，河面全都笼罩在令人骇异的亮丽闲适之中。

他依偎船帮，深吸由阳光炙烤散发的松脂香气，任由熏风吹送独木舟久久漂荡。其实，即使这般闲适的河面风光，对于习惯冒险的素戈鸣来说已似高天原的岔路口一般凡俗，毫无新鲜感。

时近黄昏，河面渐窄。两岸芦苇渐渐稀疏，随处是疙里疙瘩的松根，在水与泥之间交织出荒芜和凄凉。他一边思虑今晚的栖身之所，一边更加警惕地注视两岸。悬垂于水面的松树枝条纠结成网，固执地遮掩了密林深处的隐秘。不过在野鹿喝水钻出的缺口暗处，偶尔也会闪现朽木上簇生的、瘆人的大红蘑。

夜幕降临，他发现对面临水的巨石上好像坐着一个人。当然自方才起，沿河一带根本没有人烟。所以，发现那个身影时他还怀疑自己的眼睛。他已剑柄在握，身体却仍旧悠然凭靠船帮。

不久，小舟划出扇形波纹接近巨石，人影更加清晰。不仅如此，他已看清那是一位身着长裙的女子。他闪动着好奇的目光，身不由己地站到了船头。微风鼓起桅帆，小舟在遮天蔽日的松枝下渐渐靠近巨石。

三十四

独木舟终于来到巨石前，石上也是松枝铺展。素戈鸣急速降下帆来，单手抓住松枝双脚使劲。独木舟剧烈摇晃，船头擦过巨石棱角上的苔藓即刻靠岸。

那位女子不知他已靠近，独自匍匐石上痛哭。突然又像察觉有人而猛然抬头，看到他后越发放声哭号，并向拥绕巨石的松树后面躲去。素戈鸣一只手抓住石棱喊了声"等等"，另一只手猛然抓紧女子身后的裙裾。女子身不由己地倒了下去，并发出短促的惊叫。可她再不起身，仍如方才那样趴着，顾自痛哭不止。

他将船缆系于松枝，轻捷地跃上巨石，然后手搭女子肩头说："别害怕！我不会伤害你。只是觉得你在此处哭泣很奇怪，所以停了船。"

女子终于抬起脸，在笼罩河面的暮色之中战战兢兢地打量着他。他在刹那间省悟，她就是只能在梦中见到的那位如同盛夏晚霞般凄美动人的女子。

"你怎么了？迷路了吗？还是被坏人抓来的？"

女子默默地摇头，项下的琅玕玉饰轻微碰撞，牵出一串叮咚。看到她孩童般表示否定的神态，素戈鸣不觉嘴角浮起了微笑。可那女子却越发羞怯起来，腮边染上红晕，又将泪汪汪的双眸垂下望着膝头。

"那……那到底是怎么回事？有什么难处，别害怕，只管说。只要我能做到，什么都可以帮你。"

经他好言劝慰，女子似已鼓起勇气，断断续续地诉说起来。原来，她的父亲是此河上游部落首领，名叫足名椎。但因近来部落男女染上瘟疫接二连三地倒下，足名椎急忙命令巫婆祈求诸神赐谕。然而天神降旨却出乎意料：倘若不将独生女栉名田公主供奉给高志的巨蟒，部落中所有的人将在一个月内死光。足名椎被迫无奈，即同众青年划船，从遥远部落将栉名田公主送至此处，抛下她孤身一人。

三十五

听罢栉名田公主的诉说，素戈鸣东张西望，斗志昂扬地环视暮色中的河面："那条高志巨蟒到底是什么怪兽？"

"听别人说，那巨蟒八头八尾，身长达八条峡谷。"

"是吗？这倒挺新鲜！此怪百年不遇，只听你一说我就觉得浑身来劲。"

栉名田公主静静抬起清澈的眼眸，担忧地看着满不在乎的素戈鸣："眼下那巨蟒随时可能出现，你……"

"我要除掉它！"他斩钉截铁地回答后，叉着双臂沉稳地走下巨石。

"话虽如此，可那巨蟒非同一般，是神兽啊！"

"是的！"

"说不定你会受伤的……"

"是的！"

"反正我是供神祭品，我认命。纵然就此……"

"等等！"他继续走着，像要赶走何物似的挥挥手，"我不想眼看着你成为怪兽的牺牲品。"

"可那巨蟒强大无比……"

"你是说我斗不过它？就算斗不过它，我也要斗一斗！"

枦名田公主再度腮染红霞，摸索着挂在腰带上的镜子并软弱无力地反驳对方："我成为巨蟒的牺牲品，是天神的旨意。"

"或许命该如此。但是如果没有祭供巨蟒这一说法，你就不会被独自丢到这里。对吗？如此看来，天神的旨意与其说是命令你充当巨蟒的牺牲品，莫若说是命令我除掉它。"

他又返身走近公主，气势磅礴的威严神态在他丑陋的眉宇间闪现。

"可是，巫婆说……"栉名田公主的嗓音柔弱无力。

"巫婆是传达天神旨意的，不是猜解天神之谜的。"

此时，突然有两只野鹿从对面昏暗的松树下蹿出，跳入微亮的河中激起一片水雾，然后并肩拼命游向此岸。

"它们如此惊慌……莫非已经来了？那可怕的神……"栉名田公主狂乱地扑到素戈鸣身边。

"是的。终于到来了，揭开天神之谜的时刻。"他一边注视着对岸一边慢慢地将手伸向高丽剑柄。他的话音未落，山崩地裂般的轰鸣震撼着对岸的松林，直上群峰，直上疏星点点的夜空。

大正九年（1920）五月

（侯为　译）

老年素戋呜尊

一

素戋呜除掉高志巨蟒之后，娶栉名田公主为妻，同时成为足名椎部落的首领。

足名椎在出云的须贺为新婚夫妇建起了八广殿。其正殿恢宏气派，脊木高耸入云。

素戋呜与新娘过着宁静的日子。无论风啸还是浪涌抑或夜空星光，如今已毫无诱惑力，再也无法吸引他到广袤的亘古自然中去漂泊。即将做父亲的素戋呜在这大殿的栋梁之下，在红白颜料所描绘的狩猎图的四壁间，找到了高天原国不曾给予他的天伦之乐。

他们边吃饭边谈论未来的计划。有时也去周

围榉树林中散步，两脚踏遍地上落英，侧耳倾听小鸟们梦幻般的歌声。他对妻子关爱备至。他的嗓门、姿态和目光之中，过去那种粗野已荡然无存。

然而偶然在睡梦里，阴暗角落中蠢动的怪物，无形之手挥舞的剑光，又将他引诱到杀伐争斗中去。不过每次梦醒时分，他都立刻想到妻子和部落的事情，便将梦中所见忘得无影无踪。

不久，他们做了父母。他为自己的儿子起名叫八岛士奴美。与他相比，八岛士奴美更像母亲栉名田，是一位性情随和的男儿。

日月流水般逝去。其间他又娶了几位妻子，成为更多孩子的父亲。这些孩子长大成人后，遵从他的命令率兵去征服列国。

随着子孙后代的兴旺，他的英名蜚声列国。列国纷纷前来进贡。运送供品的船上载有丝绸、毛皮、玉饰，还有前来朝拜须贺神宫的民众。

一日，他在民众中发现三位来自高天原国的青年。他们都像当年的他一样膀大腰圆，他将三人召进神殿，亲自斟酒款待。这是迄今为止，此位勇猛的部落首领对进贡者的最高礼遇。三人起初难以理解他的意图，似乎心存畏惧。但酒过三巡，他们便依照他的要求，拍打着瓦罐底儿唱起高天原国的小调。

三人即将离开神宫之际，他取出一口宝剑吩咐道："这是我砍死高志巨蟒时，从它尾巴中取出的宝剑。交给你们，把它送给你们家乡的女王。"

三人拱手捧剑在他面前跪下，发誓绝不违背指令。

后来，他独自送行到海边，一直望着帆船驶向波涛汹涌的海面。一领孤帆在穿破迷雾的阳光下翩然摇摆，仿佛腾空翱翔的海鸥。

二

然而，死亡之神也不会放过素戈呜夫妇。

八岛士奴美长大成人之后，栉名田夫人突然身患疾病，一月之后便溘然仙逝。尽管素戈呜妻妾成群，但视如己命般疼爱的只有她一个。所以，灵堂布置停当之后，他在凄美如生的妻子遗体前默默流泪，守灵七天七夜。

其间，宫中恸哭之声四起。特别是年幼的须世理公主，悲切唏嘘不断。宫墙外过路者闻之，无不伤心落泪。她——这位八岛士奴美唯一的妹妹，与酷似母亲的兄长相反，酷似激情奔放的父亲，是一位不让须眉的女中豪杰。

不久，栉名田夫人的遗骸与她生前使用过的玉饰、铜镜、衣物一起，被埋葬在须贺神宫附近的小山上。素戋呜为了体恤黄泉路上的妻子，不忘将十一个侍女活埋陪葬。侍女们精心装扮之后，无比欣慰地慷慨赴死。部落的老人们见此情状，无不暗中蹙眉，指责素戋呜的专断。

"十一个！素戋呜尊全然不顾部落的规矩。哪有第一夫人亡故，却只让十一个侍女陪葬的理法？总共才十一个！"

葬礼全部结束之后，素戋呜突发奇想地将王位让给了八岛士奴美。而他自己，则与须世理公主移居远在海峡对面的根坚洲国。

那是他在颠沛漂泊中亲历过的无人岛，风光秀丽，最使他难以忘怀。他派人在岛南的小山上营造草顶宫殿，借以安度晚年。

素戈呜已然白须如麻，却老当益壮，目光炯炯有神……不，他的容颜似乎比在须贺宫殿时更显霸气。尽管他自己毫无察觉，但自从迁居此岛之后，休眠于体内的野性也不知不觉地苏醒了。

他与女儿须世理公主一起驯养蜜蜂和毒蛇。养蜂自然是为了酿蜜，而养蛇却是为了提取涂于箭头的剧毒。而在狩猎和出海之余，他则将自己修炼的武艺和魔法悉数传授给女儿。须世理在此般生活中，成长为武艺道法俱佳的女丈夫。然而，她依然保留了栉名田夫人的姿色，而且不失高雅之美。

宫殿周围的糙叶树几度萌芽，几度落叶。他那长满胡须的老脸皱纹渐多，而须世理公主那总是含笑盈盈的星眸却愈加冷峻。

三

一日，素戋呜坐在殿前糙叶树下，撕剥硕大的雄鹿皮。此时，去海边沐浴的须世理领着一个陌生小伙回来。

"父亲，我刚才碰到了他，就一起回来了。"

须世理说着，向颇不情愿起身的素戋呜介绍远方来客。

这是一位浓眉宽肩的壮汉，佩戴着红绿相间的玉饰和厚重的高丽宝剑，活脱脱就是自己年轻时的威武英姿。

素戋呜支应着彬彬有礼的青年，甩出简慢粗俗的问话："你叫什么？"

"在下名叫苇原丑男。"

"怎么到这个岛上来了？"

"我想找些食物和淡水，就靠岸了。"青年落落大方地逐个回答。

"是吗？你到那边随便吃点儿吧！须世理，你带他去！"

两人进了殿堂。素戈鸣在糙叶树下娴熟地舞弄短刀撕剥着鹿皮，可内心却在不觉之间发生了奇妙的变化，犹如晴空里预示风暴的云雾，给平静的生活投下了阴影。

剥完鹿皮，素戈鸣回到殿堂时天色已晚。他登上宽大的木阶，一如往常不经意地掀起客厅门口的白色幕帘。只见须世理公主和苇原丑男如同被搅乱巢穴的亲密小鸟一般，慌忙从草铺上起身。

他板着脸孔，慢吞吞地向内室走去，但立时又用锐利可憎的目光瞪着苇原丑男，以命令的口吻说道："你今晚就住在这里，休息休息吧！"

苇原丑男尽管欣然从命，却难掩尴尬神态。

"你赶快去那边躺着吧！别客气。须世理——"素戈鸣回头去看女儿，突然发出讥讽的腔调，"把这个男人带到蜂房去！"

须世理登时脸色煞白。

"快去！"看到她在迟疑，父亲像发狂的狗熊低吼起来。

"是。那么，你请到这边来。"

苇原丑男再次向素戈呜恭敬施礼，随即兴致勃勃地追出客厅。

四

来到客厅外面，须世理公主取下披巾递在苇原丑男的手中悄悄说："进了蜂房把披巾挥舞三下，你就不会挨蜇了。"

苇原丑男简直弄不懂对方所指何事，可又顾不上问个详细。须世理公主打开蜂房小门，领他进去。

蜂房里黑得伸手不见五指。苇原丑男刚一进门，立刻摸索着想抓住公主，指尖却只碰到公主的散发。紧接着，响起慌忙关门的声音。

他摆弄着披巾呆立了一会儿，眼睛慢慢适应了黑暗。出乎意料，屋内情景依稀可辨。

昏暗中他看到，顶棚垂吊着很多大桶般的蜂

巢。蜂巢周围，蠢蠢爬动着好多比他腰间的高丽剑还粗的蜜蜂。

他身不由己地回身扑向门口。可不管他怎么推怎么拽，门板却纹丝不动。而且，已有一只蜜蜂从上方斜刺里飞到地面，发出钝重的振翅声朝他爬来。

他被此景吓得魂飞魄散。趁蜜蜂尚未爬到身边，他手忙脚乱地想踩死它。然而蜜蜂却腾空而起飞到了头顶，嗡地发出更大的振翅声。同时，更多的蜜蜂似已察觉有人而大发雷霆，犹如迎风火箭般相继俯冲下来……

须世理回到客厅，点燃墙面上的火炬。火光映红躺在草铺上的素戋鸣。

"你真把他带到蜂房去了？"素戋鸣盯着女儿的脸庞，然后用憎恨的腔调问道。

"我没有违背父亲的命令。"须世理公主避开父亲的目光，坐在客厅的角落。

"是吗，那你今后当然也不会违背我的命令吧？"素戋鸣话中夹带着讽刺的腔调。须世理只顾打理玉饰项链，既未肯定，也未否定。

"你不说话，是想要违背我吗？"

"不。父亲为什么那样……"

"如果不想违背我就告诉你，我不许你嫁给那小子。素戋鸣的女儿必须嫁一个素戋鸣看得上的女婿，明白吗？这一点决不能忘记！"

夜深之后，素戋鸣鼾声大作。须世理却独自沮丧地靠在客厅窗边，一直守到暗红的月亮无声地沉入海中。

五

翌晨，素戋鸣一如往常到礁石嶙峋的海边去游泳。此时，苇原丑男出乎意料地追了出来，并冲下大殿木阶。

刚见到素戋鸣，他便露出愉快的微笑问候："您早！"

"怎么样？昨晚睡得好吗？"素戋鸣伫立岩角，

满面狐疑地看着对方。这个精力旺盛的年轻人怎么没叫蜜蜂蜇死？如此结局，完全超乎他力所能及的推测。

"是啊，托您的福，睡得很好。"苇原丑男回答着，捡起脚旁一块岩石奋力向海面扔去。石块画出长长弧线，向红彤彤的朝霞飞去，然后落在素戋鸣远不能及的波浪之中。

素戋鸣咬紧嘴唇，目不转睛地追视那块岩石。

两人从海边返回吃早饭时，素戋鸣苦着脸撕咬着鹿腿，并向面对而坐的苇原丑男说："如果你喜欢这殿堂，就再住几天好了。"坐在一旁的须世理公主暗暗向苇原丑男递眼神，提醒他不可应允这心怀叵测的邀请。可他却正向盘中鱼肉伸出筷子，好像并未注意到她的暗示。

"多谢！那就再打扰您两三天。"苇原丑男高兴地答道。

午后，好不容易等到素戋鸣歇息下，这对恋人趁机溜出殿堂，来到拴独木舟的静谧海边礁石岩缝，忙里偷闲地享受一回幸福。

须世理躺在散发香气的海草上，只是梦幻般地仰望着苇原丑男。她挪开他的手臂，忧心忡忡地说："今晚你要是还在这儿住，命可就保不住了。你不要管我，赶快逃吧！"

苇原丑男却忽而一笑，孩童般地摇摇头说："只要你在这儿，就是杀头，我也不走。"

"可是，万一你哪天出事……"

"那你现在就跟我离开这个岛，好吗？"

须世理犹豫不决。

"你要是不走，我决心永远住在这儿。"苇原丑男想再一次将她搂在怀里。她却推开他，猛地从海草上起身，满怀焦虑地说："父亲在叫我呢！"随即小鹿般敏捷地向殿堂跑去。

苇原丑男被撇在海边，他仍面带微笑地目送着须世理的身影。在她躺过的位置，又留下一条与昨晚同样的披巾。

六

当晚，素戈呜不用别人帮忙，便将苇原丑男扔进蜂房对面的屋子。

屋里的昏暗与昨晚相同。不同的是，昏暗中处处闪耀着绚丽的光彩，仿佛遍地散落着宝石。

苇原丑男心中纳闷，便想等眼睛适应后看个究竟。过了片刻，视野渐渐清晰。他发现那点点星光，竟是连马匹都似乎能够吞噬的巨蟒的眼睛。不计其数的巨蟒或绕梁而憩，或援椽而卧，或盘踞地面，密密匝匝挤满屋内，令人毛骨悚然。

他下意识地手握剑柄。然而即使他拔剑劈死一条，其余巨蟒仍无疑会轻而易举地将他绞死。瞧！眼前即有一条巨蟒在下方觊觎着他。还有更大的巨蟒倒挂金钩悬于半空，斗大的脑袋早已探至他的肩头。

屋门当然无法打开。岂止如此，白发苍苍的素戈呜似乎正把守在门外，讪笑着偷听门内的动静。苇原丑男紧握剑柄，浑身上下只有眼球才敢转动。此时脚旁那条巨蟒缓缓松开盘成小山的身体，将斗大的脑袋渐渐抬起，拉开猛扑咬颈的架势。

此时他突然灵机一动：昨晚群蜂扑来时，挥舞须世公主的披巾得以保命。如此看来，公主遗留礁石的披巾或有同样的奇效。于是，他迅速取出捡来的披巾挥舞了三下……

翌晨，素戈鸣又在礁石嶙峋的海边见到更加英姿勃发的苇原丑男。

"怎么样？昨晚睡得好吗？"

"是啊。托您的福，睡得很好。"

素戈鸣一脸的不快，恶狠狠地盯视对方。却不知他作何想法，又恢复了往常冷静的语调："是吗？那太好了。你现在跟我去海里耍耍水吧！"口气中似乎毫无恶意。

两人立刻赤裸了身体，向黎明中风大浪高的洋面游去。素戈鸣从高天原国时代起，已是无人匹敌的弄潮儿。不过苇原丑男也毫不逊色，犹如海豚般游得潇洒自在。所以一黑一白两颗脑袋恍若海鸥，眼看着离开了高耸的海崖，越去越远。

七

　　大海掀起一阵阵狂涛，将雪白的浪花抛向他俩。素戈鸣在浪花之间，不时地向苇原丑男投去不怀好意的目光。但对手却显得游刃有余，无论怎样凶险的巨浪都能越过。

　　畅游了半晌，苇原丑男渐渐把素戈鸣甩在身后。尽管素戈鸣紧咬牙关不愿落后一尺，但两三座巨浪滚压之后对手即轻松领先。而且，身影早已消失在层层浪尖的前方。

　　"本想这回就把这小子沉入海底，除掉这个碍事的家伙……"素戈鸣越想越觉得，不杀掉对手就难以咽下这口恶气，"畜生！叫鲨鱼吃掉那个狡诈的流浪汉吧！"

　　但是没过多久，苇原丑男便像鲨鱼一般闲庭信步地游回来了。

"再游一会儿吗?"随着涌浪起伏,他脸上一如既往地浮现着微笑,并远远地就向素戈呜打着招呼。素戈呜却是再想逞强,也不愿意下水了……

当日下午,素戈呜又带着苇原丑男,到岛西的旷野去射猎狐狸野兔。

在旷野的边缘,两人登上一座突兀的石崖。极目远眺,遍野枯草在身后吹来的朔风中波浪起伏。素戈呜默默地注视了片刻莽原的景色,随即张弓搭箭并回头瞅瞅苇原丑男:"今天不巧有风。不过咱们还是比一比谁射得远吧!"

"好啊!那就比试比试!"苇原丑男取下弓箭,信心十足地说道。

"准备好了吗?必须同时发射!"

两人肩并肩全力拉弓,随即同时放箭。两支利箭向草波起伏的莽原直直地飞去。然而两支箭皆未超过对方,只是箭羽在阳光下一闪,旋即在下风头空中消失得无影无踪。

"比出输赢了吗?"

"没有。要不再射一箭?"

素戈鸣皱着眉头，颇不耐烦地摇头："射几箭还不都一样？不如你跑一趟，找回我的箭来。那是我最珍爱的朱漆箭，来自高天原国。"

苇原丑男遵照吩咐，奔向冷风呼啸的荒原。他的背影刚刚消失在高过人头的枯草前方，素戈鸣便迅速从腰袋中掏出燧石，并在岩石下的枯蒺藜中放起火来。

八

草中蹿起透明的火苗，瞬间便冒出滚滚浓烟。蒺藜和细竹燃烧的同时，响起刺耳的毕毕剥剥声。

"这下看你往哪儿跑！"素戈鸣挎着长弓站在石崖上，狰狞的面孔露出得意的微笑。

大火迅速蔓延。无数鸟儿痛苦地鸣叫着，飞上黑红相映的空中，可随即又被卷进浓烟，纷纷落入火海。从远处看去，仿佛风暴中震落的果实。

"这下看你往哪儿跑！"素戈鸣再次满足地舒一口气，随后却感到一丝难言的怅惘……

薄暮时分，得胜凯旋的素戈鸣又叉着双臂站在殿堂门口，遥望烟雾弥漫的旷野上空。此时须世理公主垂头丧气地走来，告诉他晚饭已经备好。不知何时，她已换上为亲属守孝的洁白长衣，楚楚动人地亭亭玉立在夕阳余晖中。

素戈鸣一见她的身影，便嘲讽她的悲伤："你看那边天空，苇原丑男现在……"

"我知道。"须世理低眉顺眼，却意外明目张胆地打断了父亲的话头。

"是吗？那你一定很悲伤吧？"

"是很悲伤。或许父亲去世，也不会让我这样悲伤。"

素戈鸣脸色骤变，恶狠狠地瞪着须世理。但不知何故，他无法更加严厉地惩戒女儿："既然悲伤你就尽情地哭吧！"

他转身大摇大摆地走进屋去，边上木阶边愤愤地咋舌："要是往常，我连问都不问，先狠揍一顿……"

他进屋后，须世理公主眼泪汪汪地望了一会儿暗红的天边，随后低头悄然回屋。

当晚，素戈呜怎么也睡不着，这是因为，烧死苇原丑男使他落下了心病。

"以前曾几次想杀他，可也没像今晚这么不痛快……"他冥思苦想着，在散发着生草气味的席铺上辗转反侧。然而睡意却并不轻易降临于他的身上。

沉寂的拂晓，幽暗大海的远方早已铺展冷峻的朦胧亮色。

九

翌晨，朝阳将灿烂光芒洒满海面。尚未睡够的素戈呜两眼惺忪地慢慢走出大门。此时他惊讶地看到，木阶上并肩坐着苇原丑男和须世理公主，他俩正兴高采烈地谈论着什么。

两人看到素戈呜出来，像是大吃一惊。但苇原丑男立刻快活地站起身来，递上了那支朱漆利箭。

"还算运气不错，箭找到了。"

素戈呜更是惊讶不已。然而不知何故，看到那青年平安无事，倒又暗自欢喜起来："你居然没有受伤？"

"是的，完全是偶然得救。那大火烧到跟前时，我刚好找到了这支箭。于是我先是钻过浓烟，拼命向还没着火的地方跑。可再怎么快跑，也跑不过西风扇烈火……"苇原丑男稍微停顿一下，向听得出神的父女俩送去微笑，"这时我意识到，此次必定烧死无疑。可跑着跑着不知怎么那么巧，脚下突然踩空，我掉进了一个大坑。坑里先是漆黑一片，后来坑边枯草烧着，照亮了整个坑内。我看到周围有几百只野鼠熙熙攘攘挤满坑底……"

"幸亏是野鼠，要是毒蛇可就……"刹那间，须世理公生的美眸中闪出泪光和笑意。

"哪里,野鼠也不可小看。这支朱漆箭的羽毛就全是被它们啃掉的。不过,大火只是把坑外烧得根草不留。"

素戈鸣听了这些话,心中又对这个幸运儿产生了嫉恨。岂止如此,既然决定了要杀他,倘若达不到目的就难以满足战无不胜的骄傲心理。

"原来是这样!你运气真好。不过,运气有时也会改变……这且不说也罢。总之既然大难不死,那就跟我到这边来,帮我捉捉头上的虱子。"

苇原丑男和须世理公主无可奈何,跟着走进了朝晖映射着的客厅白幕闱帐中。

素戈鸣满脸不快地盘腿坐在客厅中央,解开自己那盘起的发髻,漫不经心地摊在地板上。枯黄芦花般的长发,宛如流淌的河水。

"我的虱子可是很厉害呀!"

苇原丑男没把这话放在心上,拨开白发就要捏虱子。哪知发根旁蠕动的却不是小小虱子,竟然是毒气十足的暗红色大蜈蚣。

十

　　苇原丑男犹豫了。此时，守在一旁的须世理公主不知何时偷偷取来一把糙叶树果实和红土，并悄悄地递给他。他响声大作地嚼碎果实，又往嘴里含一口红土，再装出捉杀了蜈蚣的样子吐在地板上。

　　此时，素戋呜昨夜未眠而积攒的瞌睡悄然袭来，他迷迷糊糊地睡了过去。

　　……被赶出高天原国的素戋呜用揭掉趾甲的双脚蹬住石缝，正在攀爬陡峭的山路。石缝中的羊齿草，树上的乌鸦叫，还有铁板一般冷漠的天空……映入眼帘的景物全都是那样荒凉。

　　"我有什么罪？我比他们强大！强大不是罪，倒是他们有罪，是又嫉妒又阴险又没男子汉骨气的他们有罪。"

　　他愤愤不平，步履艰难地踽踽而行。此时他看见当道的龟背状巨石上摆着一面白铜镜，还系了六只铃铛。他在那巨石前停步，不经意地向镜中望了一眼。只见皎洁的镜面中，清晰地映出一副年轻的面孔。然而那并不是他，却是他几次想要杀死的苇原丑男……他猛然从梦中惊醒。

他瞪大双眼环视客厅，只有明媚灿烂的阳光。苇原丑男和须世理公主却已不知去向。岂止如此，他突然发现自己的长发被分成三股，高高地被拴在顶棚木椽上。

"你们骗了我！"恍然大悟的他勃然大怒，狂吼着猛烈甩头。殿堂的屋顶天崩地裂般震响，三根木椽一齐脱出。素戈呜根本置之不顾，先伸右手取下粗硬的天鹿儿弓，再伸左手取下天羽箭袋。然后，他双脚猛踩，拖着三根木椽犹如云峰倾倒般地向外走去。

殿堂周围的糙叶树林中，轰然回荡着他的脚步声，震得枝间筑巢的松鼠纷纷落地。他像旋风般冲出树林。

林外是断崖，崖下是大海。他屹立崖上，手搭凉棚在海面搜寻。宽阔的远海巨浪排空，连遥远东天的朝阳都微泛青光。千重狂涛之中，一艘似曾相识的独木舟向远海驶去。

素戋呜手拄长弓，凝眸审视那艘小舟。仿佛在嘲笑他一般，小舟翩翩翻弄着苇席篷帆，闪着银光轻捷地乘风破浪。坐在船尾的苇原丑男和坐在船头的须世理公主也清晰可辨。

素戋呜沉稳地在天鹿儿弓上搭好天羽箭，徐徐将弓拉满，瞄准海面上的独木舟。然而箭在弦上却难以射出，此时他的双眼油然浮出仿佛微笑的神情。仿佛微笑——但同时还有仿佛泪花的亮光。他耸耸肩膀将弓箭胡乱地一扔，然后——爆发般地放声狂笑，犹似瀑布落入潭中。

"我祝福你们！"他站在高高断崖上，向远去的两人挥手。

"你们要历练出远超于我的功力！你们要修炼出远超于我的智慧！你们要……"素戋呜稍稍停顿，随即又底气十足地继续祝福。

"你们要比我更幸福！"

他的祝福随着海风回荡在空中。此时我们的素戋呜远比与大日霎贵搏斗时、远比从高天原国

被驱逐流放时、远比斩断高志巨蟒时，更加充满
近于天神的浩荡雄威。

大正九年（1920）六月

（侯为　译）

南京的基督

一

秋天的一个深夜，南京奇望街一所房子里，有个面色苍白的中国少女独自靠在破旧的桌旁，手托香腮，百无聊赖，嗑着盘里的瓜子。

桌上灯火幽幽，与其说用来照明，不如说反倒给屋内添了一层忧郁。壁纸几近剥落的角落里，藤床前垂挂着发出霉味儿的床帷，床上的毛毯露了出来。桌子对面也有一把旧椅子，好像给遗忘在那儿一样。此外，再也找不出一件摆设来。

少女对此毫不在意。她不时停下嗑瓜子的手，抬起一双清亮的眼睛，凝望着桌对面的墙。仔细一看，原来就在鼻子跟前的墙上有个钉钩，上面端端正正挂着一个小小的铜十字架。十字架上，稚拙地雕刻着受难基督，两臂高高地伸展着，浮雕的轮廓已经磨损，影影绰绰，依稀映在墙上。每当少女的目光落在耶稣像上，长睫毛下隐含的那份孤寂，似乎一瞬间会了无痕迹，代之以一种天真的希望之光，生动地浮在脸上。而视线一旦移开，她必定又会叹息，光泽褪尽的黑缎子上衣肩头，不免沮丧地沉下来，又一粒一粒嗑起盘里的瓜子，打发着无聊。

少女名叫宋金花，是一个年方十五的私窝子[1]，迫于生计，夜夜在此接客。秦淮一带暗娼众多，容貌有如金花的，比比皆是，可性情温和如金花者，能否找出第二个来，倒是个疑问。金花不同于其他妓女，既不骗人，也不任性，每晚脸上都挂着愉快的微笑，同造访这间阴郁小屋的各种客人周旋。这样，来客偶尔会比讲定的多出几个钱。逢上这种时候，她总是高兴地给相依为命、

---

[1] 意为暗娼，该叫法始自中国元明时期。

好喝口酒的父亲多来一杯。

金花的这种品性，当然是出于天性。要说还有什么别的理由，正如墙上的十字架所示，从儿时起，她就一直信仰罗马天主教，是已故的母亲领入门的。

话说今年春天，有个年轻的日本旅行家来上海看赛马，顺便探访中国南边的风光，曾在金花的房里和她有过一夜情缘。当时，他身着西服，嘴里衔着雪茄，把娇小的金花轻巧地拥在膝上。不经意间，瞥见了墙上的十字架，满脸狐疑地问：

"你是基督徒吗？"他用半通不通的中文问道。

"是呀，我五岁就受洗了。"

"那还做这种买卖？"

他话里带刺。金花一头乌发挽成髻，靠在他胸前，一如平时爽朗地笑着，露出两颗犬牙。

"要是不做，我和父亲都得饿死。"

"你父亲很老吗？"

"嗯，腰都直不起来了。"

"可是……难道你不觉得，干这种事，进不了天国吗？"

"不。"

金花望了一眼十字架，宛若陷入了沉思。

"我相信，天国的圣父基督，一定能理解我的苦衷。不然的话，基督跟姚家巷警察局的官老爷，岂不是一样的吗？"

年轻的日本旅行家笑了，从上衣口袋里掏出一对翡翠耳环，亲自给她戴在耳朵上。

"这是刚买的，本打算带回日本做礼物的。送给你吧，算是今晚的纪念。"

金花自打初次接客就这么认为，自己也一直心安理得。

然而一个月前，这位虔诚的暗娼不幸染上了恶性梅毒。她朋友陈山茶听到这事，便劝她喝鸦片酒，说是止痛很管用。之后，另一个朋友毛迎春好心好意特地拿来自己服剩的汞蓝丸和甘汞粉[1]。而金花的病，不知怎么回事，即使不接客，

---

1 治花柳病的迷信偏方，出自清代林东湘所撰《花柳指迷》。

自己关在家里，也丝毫不见好转。

有一天，陈山茶来金花屋里玩儿时，煞有介事地告诉她一个迷信疗法：

"你这病是客人传给你的，趁早再传给别人。这样一来，要不了两三天准好。"

金花托着腮，仍不改满面愁云。可山茶的话，也多少引起她的好奇。

"真的吗？"她轻声问道。

"真的，那还有假。我姐姐也跟你一样，得了这病怎么也不见好。可传给客人后，立马就好了。"

"那客人怎么样了？"

"怪可怜的，听说连眼睛都瞎了。"

山茶离开后，金花跪在墙上的十字架前，仰望着受难的基督，一心一意地祷告。

"天国的圣父基督啊，为了奉养家父，我做了这种下贱营生。可我做的事，我自己担待，决不给任何人添麻烦。所以，即便这么死去，我想也准能进天国。可眼下，我要是不把病传给客人，这营生就没法儿做下去了。这样看来，哪怕饿死——虽说如果传给客人，这病就能好——我想，我得下狠心，决不和客人同床。要不然，我只顾自己的好，就会让一个无冤无仇的人倒霉。可不管怎么说，我毕竟是个女人呀，没准什么时候，又会受到诱惑呢。天国的圣父基督呀，保佑我吧！除了您，我没别人可依靠了。"

宋金花主意已定，以后不论山茶和迎春如何劝她，总是执意不肯接客。一些熟客时时来她屋里玩，也只是一起吸吸烟而已，决不顺从客人。

"我得的病很厉害，要是挨近我，会传给你的。"

即便这样，有的客人借酒撒疯，想对金花为所欲为，她每每如此规劝，甚至不怕拿患处来证明。这样一来，客人也就渐渐不来光顾她的小屋了。于是，金花家的生计每况愈下，日子越发艰难……

今晚她又倚坐在桌前，久久地发呆，依旧没有客人上门的迹象。不觉间，夜色已自深沉。回荡在耳畔的，只有不知何处低鸣的蟋蟀声。岂止这些，房间里毫无热气，寒气从铺地的石头缝里袭上来，渐渐像水一样漫进灰缎子鞋，浸透鞋里那双娇嫩的小脚。

金花一直呆望着幽暗的灯火出神，不禁打了一个寒噤，翡翠耳坠搔挠着耳朵，她忍住了哈欠没打。正巧这时，漆门猛地给撞开了，跟跟跄跄闯进一个陌生的外国人来。兴许开门的势头过猛，桌上油灯的火焰腾地蹿了起来，火苗红红的、冒着烟，灯光顿时在小屋里弥漫开来，照在客人身上，他先是跌倒在桌旁的椅子上，马上又站了起来，趔趔趄趄地往后退，"咕咚"一下靠在刚关好的漆门上。

金花吃了一惊，不由得站了起来，望着这个陌生的外国人。客人的年纪有三十五六，穿件咖啡色条纹西服，戴顶同样质地的鸭舌帽，眼睛很大，蓄着络腮胡，脸上晒得红红的。可有一点让人不明白，虽说是外国人，却分辨不出究竟是西洋人还是东洋人。帽子下面露出黑头发，嘴里叼着已经熄灭的烟斗，挡在门口的样子，怎么看都像个喝得烂醉的行人迷了路。

"您有何贵干？"

金花不免有些害怕，站在桌前没动，责备似的问他。可对方却摇摇头，表示听不懂中国话。然后拿下叼在嘴里的烟斗，流利地说了句外国话，也不知是什么意思。这回轮到金花摇头了，翡翠耳环在灯光下摇曳着。

看到她紧蹙着漂亮眉毛，一副为难的样子，客人扑哧一声笑了出来，漫不经心摘掉鸭舌帽，晃晃悠悠朝这边走来，一屁股瘫坐在桌子另一头的椅子上。金花此时看着外国人的脸，想不起几时在哪儿见过，但确实又眼熟，一种亲切感油然而生。来人毫不客气地抓起盘里的瓜子却又不嗑，眼睛直勾勾只管看着金花，隔了一会儿，又打起奇怪的手势，说起外国话。虽说金花不懂是什么意思，隐隐约约倒也猜出外国人好像多少明白她是干什么的。

和对中文一窍不通的外国人共度长夜，在金

花来说并不稀罕。她坐了下来，出于习惯，露出姣好的笑容，开些对方压根儿听不懂的玩笑。可是，客人居然也说上一言半语，还高兴地大笑，打着各种手势，比先前更加眼花缭乱，简直让人疑心，他能听得懂。

客人满嘴酒气，可那快乐的红脸膛，仿佛使屋内寂寥的气氛变得光明起来，充满了男性的活力。起码对金花来说，不消说平日在南京见惯了的国人，就连以往见过的一些洋人，无论是东洋人还是西洋人，都没他来得潇洒。不管怎样，从刚才开始，这张脸似曾相识的感觉，始终打消不掉。金花望着客人额前一缕黑色的卷发，亲切而愉快地招待他，脑子里却极力回忆着这张脸最初是在哪儿看到的。

"是前阵子和胖大嫂一起坐画舫的那个人吗？不对不对，那人头发的颜色比他红多了。要不然就是用相机拍秦淮河夫子庙的人。可那人年龄看上去比他大。想起来了，什么时候来着，记得在利涉桥边的饭馆前，聚了一群人，有个人长得和他很像，挥舞着一根老粗的藤杖，打人力车夫背的不是？八成是——不过，那人的眼睛比他要蓝……"

金花这边浮想联翩，客人依旧是那么愉快，不知什么时候点上烟斗，吐出一口好闻的烟味。突然间他说了句什么，咧着嘴乐了，同时伸出两个指头来，在金花的眼前晃了晃，做出姿势表示疑问。两个指头自然是两美金的意思，谁看了都明白。可金花是不留客人过夜的，她灵巧地毕剥嗑着瓜子，脸上带着笑，两次摇头表示不行。于是客人傲慢地支起两肘，探出醉醺醺的脸，在昏暗的灯火下，紧盯着金花，一会儿又伸出三个指头，目光中期待着回答。

金花略微挪动一下椅子，含着瓜子，一脸的为难。客人似乎在想：光凭两美金，她是不愿意交付身子的。但他不懂话，实在没法儿叫他明白其中的隐情。事到如今，金花为自己的轻率感到后悔，明亮的眼睛望向旁处，别无他法，再一次果断地摇了摇头。

然而，过了一会儿，外国人露出淡淡的微笑，神情有些犹疑，伸出四个指头，又讲了一句什么外国话。金花束手无策，托住两颊，连笑的力气都没有了。转念一想，事已如此，只有继续摇头，直到他死心。就在这当儿，客人的手像是要抓取某个看不见的东西，终于伸开五个指头。

后来，两人一直打着手势，间或掺杂着动作，这样一问一答了好半天。其间，客人极具耐性，手指一根根加上去，到了最后，那劲头好似哪怕出十美金都在所不惜。对一个暗娼来说，十美金可是个大数目，即便如此，仍旧没能让金花动心。方才她已经离开椅子，斜站在桌前，对方伸出十只手指时，她焦躁得直跺脚，一个劲儿地摇头。恰巧这时，不知怎的，挂在钉子上的十字架"叮"的一声掉了下来，落在脚边的石砖上。

她急忙伸出手，捡起宝贝十字架。无意中看到十字架上受难基督的表情，奇怪得很，与坐在桌对面那个外国人的脸，简直一模一样。

"怪不得觉得在哪儿见过呢，原来是我主基督的脸呀。"

　　金花把铜十字架贴在黑缎子上衣的胸前，不由得隔着桌子惊讶地望着客人的脸。灯火照在客人满是酒气的脸上，客人不时吸着烟斗，意味深长地浮出微笑。眼睛看着她——从白净的脖子，到垂着翡翠耳环的耳际，似乎不住地上下打量了个遍。金花只觉客人的这副神态，亲切中反透出一股威严。

　　俄顷，客人停住吸烟，故意歪起头，声音里带着笑，说了些什么。仿佛巧妙的催眠师在耳畔的轻声细语，对金花的心底，起到某种暗示的效果。她好似完全忘掉了自己坚定的信念，缓缓低下含笑的眼睛，手里摩挲着铜十字架，羞答答靠近这个奇怪的外国人。

　　客人手伸进裤兜，把钱弄得哗啦哗啦响。眼里依旧是淡淡的微笑，有那么一刻，心满意足地望着金花站在那儿的姣好身姿。可是，他眼中的浅笑转瞬变成一缕灼人的光，他猛地从椅子上站起来，用力紧紧抱住金花，西服袖子散发出酒味。

金花像失了魂一样，垂挂着翡翠耳环的头无力地向后仰着，苍白的脸颊隐隐泛出鲜艳的血色，双眼迷离地望着凑在鼻子前面的这张脸。自己是任凭这个奇怪的外国人摆布呢，还是拒绝和他亲吻，免得把病传给他呢？当然，她此时已经无暇再去多想，听任客人满是胡须的嘴亲吻自己的嘴，只知道这如火一般的恋爱，这平生头一遭咂摸到的喜悦，正激荡着她的胸怀……

二

几小时后，屋里灯火已熄，床上两人熟睡的鼻息之外，唯有蟋蟀隐隐的叫声，越发增添几许秋意。然而金花的梦境轻烟似的，透过尘封的床帷，高高飞向屋上星月灿烂的夜空。

金花坐在紫檀椅上，正品尝桌上摆满的各式菜肴：燕窝、鱼翅、蛋羹、熏鱼、烤乳猪、海参羹……多得数不胜数。食器精美绝伦，一色儿描着青莲和金凤凰。

椅子后面，有一扇窗挂着绛红纱帘。窗外是一条河，静谧的流水和橹声不绝于耳。这一切似乎是她自幼见惯的秦淮情境。可此时此刻，她准是身在天国，正在基督的家里。

金花不时停下筷子，打量着桌子的四周。宽敞的屋里，除雕龙画柱、盆栽的大朵菊花和菜肴冒出的热气之外，不见一个人影。

尽管如此，桌上的菜吃完一盘，转眼就有一盘热乎乎的、飘着香味的新菜摆到面前，也不知是哪儿来的。她正在寻思，还没等动筷子，一只烧好的野鸡扇着翅膀，碰倒了绍兴酒瓶子，扑棱棱飞上了屋顶。

这时，金花察觉有人不出声走到她椅子后，便拿着筷子悄悄回过头去。却不知怎么回事，原以为那儿有扇窗，竟然没了，摆了一把紫檀椅子，铺着缎面的坐垫上，一个陌生的外国人嘴上衔着铜水烟壶，慢条斯理地坐了下去。

一见这男人，金花就认出是今晚在她屋里过夜的那个人。但唯一不同的是，这人头顶一尺左右的地方，罩着一圈月牙似的光环。

这工夫，金花的眼前又摆上一大盘热气腾腾的菜，仿佛是桌中冒出来的，鲜美可口。她马上拿起筷子，正要夹盘中的珍馐美味，突然想起身后的外国人，便扭过头，客气地问道：

"您不过来吃点儿吗？"

"不，你自己吃吧。吃了，你的病今晚就好了。"

头顶光环的外国人依旧衔着水烟壶，微笑中充满了无限爱怜。

"那你不吃啦？"

"我吗？我不爱吃中国菜。你还不了解我嘛，耶稣基督还来从没吃过中国菜呢。"

南京的基督说着，慢慢离开紫檀椅，从背后在发呆的金花脸颊上亲切地吻了一下。

天国的美梦醒来时，秋日清寒的晨光已经弥

漫在狭小的房间里。宛若一叶小舟的床笫，挂着满是灰尘气的幔帐，里面尚存一丝微暗，透着些暖意。昏暗之中浮现出金花半仰着的面颊，褪色的旧毛毯掩住她圆滚滚的下颔。这时，睡眼还没有睁开。金花的脸上毫无血色，由于昨夜的汗水，油腻腻的头发散乱着，微开的双唇间，隐约可见洁白细密如糯米般的牙齿。

金花虽然醒了，心里仍旧迷迷糊糊徘徊在那菊花、水声、烧鸡、耶稣基督，以及种种梦境里。过了一会儿，床内渐渐亮了起来，她愉快的梦境让无情的现实给打破了。昨晚和那个奇怪的外国人同上这张藤床的事，清楚地停留在她的意识中。

"要是病传给了他——"

一想到这儿，金花的心情便陡然暗淡下来，觉得今早没脸见他。可是既然醒了，却不去看那张太阳晒过、让人留恋的脸，就更受不了。她犹豫之下，怯生生地睁开眼睛，环视着已经明亮的睡床。出乎意料的是，除了盖着毛毯的她，那个酷似十字架上耶稣的他连个影儿都不见了。

"难道那也是梦么？"

金花赶紧掀开脏兮兮的毛毯，从床上坐了起来。她揉了揉眼睛，撩起沉甸甸的床帷，睁着仍旧发涩的眼睛，朝屋里望过去。

屋里，清晨寒冷的空气，近似酷虐地勾画出周遭一切物件的轮廓。陈旧的桌子，熄灭的油灯，还有两把椅子，一把倒在地上，一把对着墙——一切都是昨晚的光景。何止这些，眼前撒落在桌上的瓜子里，那小小的铜十字架照旧发着黯淡的光。金花有些目眩，便眨了眨，茫然望着四周，冷冷清清地侧身坐在乱七八糟的床上。

"这不是梦。"

金花一边嘟囔着，一边左思右想，想那个外国人的去向，觉得不可捉摸。其实这也用不着想，她已然想到了，没准儿趁自己熟睡的工夫，他偷偷出屋，早溜回去了。可是，他是那样爱抚过她，竟连一句惜别的话都没有就走掉了，简直让人没法儿相信——或者毋宁说，她不忍心这么想。而且，那个奇怪的外国人答应付的十美金，她都忘记要了。

"他真的回去了吗？"

她心事重重，正想捡起扔在毛毯上的黑缎子上衣披上，突然又停下手，她的脸色眼看着变得神采奕奕的。是因为听到油漆门外传来那人的脚步声，还是因为枕头、毛毯上沾着他身上的酒气，忽然又勾起昨夜那令人难为情的记忆？都不是，这一瞬间金花发现，她身上发生了奇迹，恶性梅毒一夜之间全好了，连点儿痕迹都没有。

"这么说，那人真是耶稣基督了！"

金花不假思索地一骨碌翻身下床，穿着内衣跪在冰凉的石板地上，就像抹大拉的玛利亚[1]，同复活了的主耶稣说话那样，热烈地、虔诚地祈祷着……

1　抹大拉的玛利亚，见《新约全书·马可福音》第十六章。

三

次年春天的某个夜晚，年轻的日本旅行家再次来到宋金花家，又和她一起在昏暗的灯光下，隔桌相对。

"还挂着十字架？"

那晚不知因为什么事，他嘲弄地问道。金花敛容正色，讲起那一夜基督降临南京，治好她病的奇事。

年轻的日本旅行家一边听金花讲，一边独自沉吟：

"那个外国人我认识。那家伙是个日本和美国的混血儿，好像叫乔治·默里。曾得意扬扬地对我认识的一个路透社驻外记者说起这事：在南京一个信教的私窝子那儿，他有过一夜风流，趁那女子熟睡偷偷溜之大吉。上次来时，那家伙恰好和我在上海同一家旅馆下榻，至今还记得那张脸。总是处处夸耀自己是英文报纸的驻外记者，没有一点男人气概，人品不大正派，后来因为恶性梅毒，人疯了。这样看来，或许是这个女人传给他的。而她，至今还把那个无赖当成耶稣基督。我究竟该不该告诉她，让她开开窍呢？还是缄口不言，让她永远做着一个西方古老传说般的梦呢……"

金花说完，旅行家仿佛也刚回过神，擦着火柴，吸了口味道浓浓的烟卷。然后，故意热心追问道：

"是吗？真不可思议呀。那——那你后来再没有复发过？"

"是啊，没有。"

金花嗑着瓜子，脸上神采飞扬，毫不犹豫地答道。

本篇起草时，对谷崎润一郎的《秦淮一夜》多有参考，附笔记此，以志谢忱。

大正九年（1920）六月

（罗嘉 译）

我才聊且忘却

那难以名状的疲劳和倦怠,

还有那无法理喻的卑贱而无聊的人生。